JN218382

高須流

人たらしの極意2

高須基仁

時代は高須を求めている

人の懐に飛び込むその生き方

まえがき

夕刊フジの「高須基仁コラム」は、ヘアヌードの仕掛け人として高須の〝悪名〟がとどろいていた1998年に「高須基仁の愛すべき女優たち」として始まり、2002年に「毛の商人・高須基仁　新性紀　女優改造論」、「モッツ高須　今週のまぐわい交遊」……などとタイトルを変えてきた。本書は06年5月から続き、今では名物ともなった「人たらしの極意」の10年から18年10月までに掲載された350本超から84本をえりすぐったものである。

夕刊フジ編集局が東京・大手町の旧サンケイビル2階にあったころ、狭い階段を汗をかきかき駆け上がり、編集部員の顔を見れば「お世話になっております。高須でございます！」とアピールする高須の姿は周りに強い印象を残した。

その「高須連載」を「次はよろしく……」と前任の三保谷浩輝（現・産経新聞文化部編集委員）から引き継いだ時、「やっかいだなぁ」と思った。が、同時にビジネス界で成功し、異業種の芸能界でも存在感を示す秘密を知りたい、と思った。それを支えるのは、どんな人の懐にも飛び込むあの姿だ、と確信した。そこから、今も続くこのタイトルが生まれた。

「ビジネスの世界に働く人にも、高須さんの人たらし術を伝授してください」と訴え、連載はリスタート。担当を代えながら続いている。

高須の魅力を、「言動ともに何が出てくるか分からない人」と評するのは先述の三保谷だ。それは歴代担当者に共通する思いだろうが、三保谷は「それでいて文学に造詣が深く、うまいものと女に目がない。熱くて情が濃い。学ぶことは多かったし、楽しかった」と話す。

夕刊フジへの執筆を依頼したのは、当時報道部長だった渡辺茂大（元サンケイスポーツ代表）。高須がプロデュースし、写真家、荒木経惟が女優、藤田朋子を撮影した写真集「遠野小説」。後に藤田側が出版差し止め訴訟を起こしたことで、高須の仕事に影響が出たころ、渡辺は高須に強い関心を抱いたという。「彼には原稿料が安くてもとにかく愚直に書きなさいよ、と言った。それを貫いてるね」と振り返り、「大ぼら吹いても憎めないんだな。けんかっ早いけど、人なつこくて議論好き。人付き合いを大切にするから、いつも彼のところには人がたかってる。愛すべき人間だって思うな」と渡辺。一方、「人たらしどころか、彼は人食らいだよ」と喝破するのは、高須と同じく白門(中央大OB)の太田英昭産経新聞社相談役(元フジ・メディア・ホールディングス社長)。夕刊フジの記者経験もある太田はフジテレビの制作畑が長かったが、「番組を巡って『あの筋は危ない』と言ってくれたり、人脈にも助けられた」と振り返り、「今でも気になり続ける人だね」と高須の存在感について語る。

09年にそれまでの連載を単行本「人たらしの極意」パート1(春日出版刊)にまとめた宇野貴文(現・産経新聞前橋支局次長)は、「覚醒剤事件で騒動を起こしたグラドル、小向美奈子の父親を、高須さんが昔おもちゃ業界で旧知の関係にあったことから取材できたことが記憶に残る。多彩な人々や場所を教えてくれたのは自分にとっての財産にもなっている」と話し、「初対面の人でも、旧知の間柄のように錯覚させてしまう人間力は勉強になった」と苦笑いする。

現在連載を担当する中本裕己夕刊フジ編集局次長は「多くの有名作家やタレントのコラムを担当してきたが、高須さんほど手強く勉強になった人はいない。今時は遠ざけたいグレーゾーンの人たちや右から左までをぶった切りながら、それでいて仲良くできる……。高須さんの頭にコンプライアンスなんて言葉はないでしょう。希有な存在だ。以前ほどテレビで見かけないので、今こそテレビは高須を使え！と言いたい」とその魅力を訴える。

新元号になっても時代は高須を求め、その極意を知りたいのだ——。

なお、文章中の年齢、肩書その他は掲載時のものとした。(敬称略)

2018年暮れ　元夕刊フジ高須連載担当　谷内誠

人たらしの極意2　目次

●男あり

●女あり

●心に残る熟女

●立ち上がれ! 懲りない男よ 懲りない女よ

●誰も言わぬなら俺が言う

男あり

夕刊フジ
2011年1月6日掲載

山路氏は恥を背負ってタレントになれ

「富を欲するか?! 恥をしのべ!!」

昨年末に不倫騒動の渦中の人となったAPF通信代表、山路徹氏の会見を見ながら、思わず独り言がもれた。

山路氏が金だけを目的に女を手玉にとったとしたならば、どんな恥をかいてもガマンしなればならない。妻も捨てろ、友人も捨てろ、義理などにも構うなと言いたい。

日本には俗諺で、「三欠く」がある。「義理欠く、恥欠く、事欠く」でなければ、金はたまらないという意味だ。

戦争ジャーナリストとして、手元不如意のあまり、「人たらし」どころか「女たらしの極意」を発揮して、大桃美代子、麻木久仁子という2人の才色兼備の女を口説いて、現金を手に入れたことは、常人にはできない〝立派〟なことである。

180^チセン^あまりの長身と真ん中で分けたセミロングヘアとオラオラ系の少し不良っぽいノンフレームのメガネスタイルは、どう見たってイケイケの不良インテリ中年を絵に描いたようで、東京のテレビ業界人の典型!! 「残酷な沈黙…」なんて、キザなエロ文学的表現がスラスラと、ヌケヌケと口に出てくる才能は、ホストの力量をはるかにしのぎ、「日本一の女たらし」の称号をつけてあげたいぐらいだ。

多くの報道陣のフラッシュを浴びながら会見場に入ってきたとき、「わあ、すげえな」と思わず口に出た短いセリフは、「俺ってポスト石田純一になれるかもしれない!!」が本音だろう。

石田は「不倫は文化だ!!」と豪語したが、山路氏は「不倫は残酷な沈黙だ!!」を常套句に、タレント化すればいい。

今は、テレビに奇妙な自称「戦場カメラマン」が自前の戦闘服のような姿で登場し、恥をしのんでタレント化して人気を博しているハチャメチャな時代だ。「不倫戦争ジャーナリスト」が平和ボケの日本に存在したって少しもおかしくない。

今回の不倫騒動で、大桃、麻木も決して楽な暮し向きにはならないはずだし、3人ともテレビ出演は激減するはずだ。

大桃は本質的にはイケイケの「肉食系タレント」だったのに、新潟の実家の田んぼで米を作って自ら販売し、「草食系タレント」に転身して、糊口をしのいでいる。

エリートの麻木は恥をしのんでバラエティー番組に出続けて、金を稼いで山路氏に貢ぎ続けた。


その2人をすかした態度でかばい、「どちらも正しい、悪いのは私」とカッコつけて言い切ったならば、山路さん、アナタは恥の上塗りを嫌うことなく、本格的に恥を背負わなければならない。

アナタは元妻たちに金銭面で頼り切り、「功名を欲し、尊敬を集めたい」と夢を求め続けた。

「三方一両損」の現状を打破する道はただ一つ。アナタが大恥を嫌わない「戦争ジャーナリスト」というタレントの道を探すことだ。

言っておくが、戦争を商売にする人を私は尊敬しない。たとえ戦争スクープの写真・映像をものにしたとしてもだ。

1960~70年代のベトナム戦争と先の世界大戦の写真、映像の真実、リアル感こそを、今の日本人はもう一度見直せばいいわけで、アナタたちの功名心いっぱいの映像に私は興味はない!!

高須の一言

「この、たらしっぷり、オレもかなわねぇや」

山路　徹(やまじ・とおる)

1961年東京都生まれ。ジャーナリスト。APF通信社代表取締役。タレントの大桃美代子、麻木久仁子との結婚・離婚で注目された。大桃との前にも一般女性との結婚歴があるという。カンボジア、アフガニスタンなど紛争・戦争の現場取材を得意とする。

夕刊フジ
2011年5月17日掲載

〝ストーカー逮捕〟の昭和男 内田裕也をあえて弁護する

ロック歌手の内田裕也が、交際していた〝熟女〟への強要未遂と住居侵入の容疑で逮捕された。

50歳のキャビンアテンダントに対し脅迫めいた手紙を出したり、女性宅の鍵のスペアを無断で作って入ったり…。ことの発端は1年数カ月前から交際していた女性が裕也のあまりの〝破天荒さ〟に嫌気がさし、別れ話を切り出したこと。

70歳を超し、独りぼっちで暮らす裕也にとって20歳ほど年の離れた〝花形職業〟の一つに就く女性の存在は、たとえ樹木希林というCMに一緒に出演する〝妻〟がいたとしても重要であった。

裕也の今回の逮捕に対し各メディアは、この70すぎの老人の〝恋心〟に一切の容赦をしないで「ストーカー」「暴力」「破廉恥」と一刀両断した。昭和の時代に青春を過ごした男たちの〝恋心〟を伝える手段は〝訪問〟がまず最初にある。だが、平成の世では〝待ち伏せ〟は良くないことで、ストーカーという英語化によって、突然の訪問には注意しなければならないらしい。

次は〝手紙〟による〝恋文〟だ!! 激しい男の恋心は、時として〝無法・不法〟の文章になる時もある。この〝過激なラブレター〟を平成の時代では「脅迫文」という。

羊羹を切るようにスパッ! と男女の間は切ることなどできないと考える昭和の男はチーズを切る時と同様にギザギザに切り、再び〝接着〟が可能と思う。

だから、たったの1年余りのつきあいの相手に対し復縁を迫る裕也の有り様は劇画のようで芝居が

かりだ。しかし、激しく恋している70男にとって前後の見境など関係なく、まさに「裕也的失楽園」恋文なのだ‼

インターネットも、携帯も上手に使えない昭和の時代に生きる内田裕也に、平成のデジタルはどうにも馴染まない。だから、アナログの究極で民主党の事業仕分けの会場にも、震災被害のあった石巻市にも、突然に姿を現す。だが、裕也は直接的に女性に手は出してはいない。

物に当たる！　だがこれを「DV」と今は言う。昭和は、遥かに遠くなったのだ‼

妻と長く別居し、世間からは疎まれ、独居する裕也の〝心の闇〟は、ままならない時代に対する昭和の男の反逆だ。

昭和の常識・道徳・倫理は平成の時代に入り通用しにくくなった。昨日は、私の兄淑した団鬼六さんの告別式に参列した。

団さんは、「世のひんしゅくは金を払っても買え！」と破廉恥の作法を私に教えた。そして、「女の心は縛れない。せめて女の体を縛らせてもらえ」と、女体と女心の難しさと神秘さも教えてくれたのだ。

79歳で団鬼六は逝去し、71歳の内田裕也は留置場の中だ！

私は60歳だが「破廉恥」を団鬼六から、「破天荒」は内田裕也から伝授されている！　だから私の恋愛状況はハチャメチャだ‼

高須の一言

「オレの破天荒は、あんた譲りだぜ、ベービー」

内田裕也（うちだ・ゆうや）

1939年兵庫県生まれ。歌手、ロックンローラー。妻は女優の故・樹木希林。娘はエッセイストの也哉子、その夫は俳優の本木雅弘。日本ロック界のドンとして君臨する一方、70年代後半からは俳優としても活躍。樹木の死去に際して、その夫婦関係が改めて注目された。

夕刊フジ
2011年5月24日掲載

女たちを縄酔いさせた団鬼六さん

官能小説家の団鬼六氏が過日、食道がんで逝去した。79歳だった…。

東京・芝の増上寺で5月16日に営まれた告別式に参列した。前から4列目の席に座った私は、最前列にいる、弔辞も読んだ谷ナオミの団鬼六の縄に酔ったふくよかな後ろ姿を見ながら「何人の団鬼六の縄に酔った〝女優〟が今日は参列するのだろうか？」と、ふっと思った。私より5分ほど遅れて席に着いた25歳の小向美奈子は微動だにせず、じっと遺影を見続けていた。

「逆エビ亀甲縛りで、うっとりとした眼差しを醸し出した小向も、やっぱり縄に酔った女の一人だったな…」と、しみじみと小向の豊かな腰まわりを見ながら、独り言が漏れた。約300人の御焼香が終わり、出棺を待つため控室に戻ったとき、愛染恭子は目を真っ赤に泣き腫らし、「高須さん、悲しい…」とポツリと漏らした。愛染も五十路を越したが、豊満な肉体は以前のままで、持ち前の厳しく鋭い眼差しの中に涙が溢れていた。

私と愛染が話をしていると、昔懐かしいにっかつロマンポルノの女優たちが集い、昔話に全員が泣き出した。団鬼六のSM緊縛の真骨頂は、縛られた女たちが縄に酔い、恍惚の絶頂に導くことにある。かつて、天才緊縛師の故・明智伝鬼は、「団先生の小説の真髄は、読者である男にも〝女の縄酔い〟の感覚を、確実に知らしめたことにある」と、作品の本質をズバリ指摘した。

ところで、新宿歌舞伎町のど真ん中にあった、大キャバレー「クラブハイツ」で毎年開催されていた、日本一の人気風俗嬢を決定する「ミス・シンデレラコンテスト」において約20年間にわたり、団鬼六さんが審査員長を、私が副審査員長を務めてきた。団審査員長のＮＯ・１の風俗嬢を選ぶ基準は、ふくよかな外見の女性だ。六十路の谷ナオミも、五十路の愛染恭子も、四十路の杉本彩も、三十路の水谷ケイも、二十代の小向美奈子も、全て威風堂々の肉体を持っている…。

６年前、緊縛師の明智伝鬼が死去したとき、団さんと私が弔辞を読むことになった。団さんは当時、脳出血の後遺症で少し、呂律がまわらなかったが、緊縛の究極をこう語った。

「女の心を縛ることなど出来るはずがない。せめて体ぐらいは、しっかりと縛りたいものだ。明智伝鬼は、私の考え方を森羅万象の緊縛術を編み出し具体化した。伊藤晴雨の世界を遥かに超したと思う…」

そう、独特の緊縛術とテクニックを礼賛した。

棺の中の団鬼六さんの顔は、私の知っている脂ぎった官能小説家の顔ではなく、鼻筋が通り、まさにハンサム・美男子の究極の顔つきで、純粋に純文学を志した青春そのもの。涼しげな風情だった。団鬼六さんは死して、参列した縄酔い女の存在を、改めて広く世間に知らしめた。

好んで使っていた閑吟集の〝一期は夢よ、ただ狂え〟は、けだし名言であった。

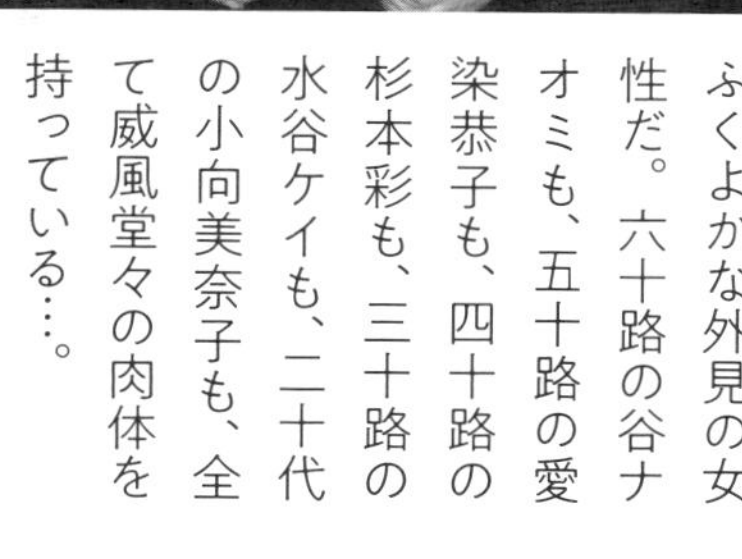

告別式に駆けつけた作家の睦月影郎氏、谷ナオミ、愛染恭子と筆者（左から）

高須の一言

「心が縛れないなら、せめて体を縛りたい」

団鬼六（だん・おにろく）

1931年滋賀県生まれ。小説家。「花と蛇」に代表されるSM官能小説の第一人者として知られた。関西学院大学卒業後、作家修業をしながら職を転々とする。英語教員の傍ら書いた「花と蛇」がヒットし、官能小説の巨匠としての地位を確たるものとした。

夕刊フジ
2011年8月16日掲載

全てを〝灰〟にして逝ってしまったジョー山中

ロック歌手、ジョー山中は肺がんと闘ってきたが力尽き、8月7日に逝った。64歳であった。

横浜市の山下埠頭に近い海沿いに小さなライブハウス「bitters（ビターズ）」が在る。まるでショーケンが主演したドラマ「傷だらけの天使」の撮影現場のようだ。1960年代後半の雰囲気を醸し出す店で、我々ベビーブーマーが昔のR＆Bのリズムを求めて今も密かにオーナーの中本氏の元に集まる。

一昨年末の2009年、ジョー山中は「bitters」で3オクターブは出る歌声をふりしぼるようにして米国のオーティス・レディングとテンプテーションのR＆B曲をソウルフルに十数曲ほど歌い切った。父親がジャマイカ出身ということで、ジョーの髪形はボブ・マーレーのように編み上げた〝ドレッド・ヘア〟だった。

その年の真夏。7月20日、ジョーは東京・浅草に本拠地を置くシーザー武志氏が主催する格闘技団体「シュートボクシング」の記念パーティーに現れ、77年に大ヒットした「人間の証明のテーマ」を約500名ほどのキックボクシングファンの前で歌った。

歌い終わった後、

「高須‼　今夜の俺って声の出かたが、おかしくないか？」と問われたが、

「大丈夫だよ……」と私は聞き流した。

秋。10月、ジョーは中国へ渡った。友人が、上海市内に開いた日本風ラーメン店のオープニングに、中国でも人気のある「人間の証明」で祝ってほしい

というのだ。たった10万円のギャラで息子をマネジャー役として伴い、中国に快く2泊3日で渡ってくれた。

ゴルフボール大の肺がんが見つかり、既にステージ4だと分かったのは昨年2月。同9月には、3人目の若い妻と住む神奈川・鎌倉市内の自宅がバーベキューの火の不始末で全焼した。肺がんは進行し続けた。

ジョーは中卒後、自動車修理工を経てボクサーになったが70年にはロックバンド「フラワー・トラベリングバンド」のボーカルとして24歳で芸能界に入った。私とはほぼ同い年で、長いつきあいをした。

「互いにスネに傷を持つ身だな……」

というのが、結婚離婚を繰り返す私に対する常套句だった。〝ブルース〟をロックに重ねたジョーは全てを〝灰〟にして逝ってしまった。

私は、いま〝ブルー〟な気分だ。3月11日の東日本大震災の余波で海沿いの古い倉庫の1階にある「bitters」は、少し崩れたようで深夜、店の前を車で通っても〝店の灯〟はついていない。ジョーをこよなく愛した内田裕也さんは「69歳のロック年まで生きて欲しかった」と、11日に営まれた告別式の前夜式で語った。

しかし、私たちベビーブーマーは瞬間瞬間に、命を捨てるために生きてきた。その上に、自由に考えて全力疾走で生きてもきた。64歳という年はもう限界なのだ!!　ジョー山中よ、お疲れさま。

親交があったジョー山中さん(右)と筆者

高須の一言

「ともに全力疾走してきた……お疲れさま」

ジョー山中（じょー・やまなか）

1946年神奈川県生まれ。ミュージシャン、俳優。3オクターブの声域を誇り、68年に内田裕也の誘いを受けロックバンド「フラワー・トラベリン・バンド」にボーカルとして参加。77年、映画「人間の証明」に俳優として出演の一方、自ら歌った主題歌が大ヒット。

夕刊フジ
2011年11月29日掲載

談志さんが見せた「老人力」の殺気

落語家、立川談志さんが75歳で死去した。

昨年4月9日の夕暮れ時、東京・日比谷の東京会館で静岡県掛川市の前市長、戸塚進也さんのパーティーがあった。少し早めに着き、喫茶ルームで一服していると、窓の外のお堀沿いを初老の男がソロリと歩いていた。

「談志さんだ!!」と気づき出迎えた。「体の具合は大丈夫ですか?」と思わず声を掛けた。長期休養の真っ最中のはずだったが、「13日に復帰会見をするんだ…」とかすれた声。その夜集まった約100人の政界関係者は、半年ぶりに公の場へ登場した談志さんを見てどよめいた。

舞台に上がった談志さんは、病み上がりとは思えない軽妙な語り口で小話を続けざまに3題。会場は爆笑に次ぐ爆笑で、その天才芸を楽しんだ。

「私は『たちあがれ日本』から出馬する予定だ」と政界復帰を宣言する戸塚さんと活動休止中の談志さんは同じ70代で、参議院議員時代の盟友同士だった。世間の人々は「年寄りの冷や水だ」と再出馬・再復帰を目指す2人に冷たい反応をしたが、七転び八起きが身上の2人はいささかも動ずることなく、ユーモア一辺倒の人生をまっしぐら。

半面、「虎視眈々として其の欲、逐々(ちくちく)たり、咎(とが)なし」とばかりに、欲望に燃え上がるギラギラとした虎の眼差しで、世間と政界に目を光らせているような雰囲気を醸し出していた。まさに「老人力」の殺気!!

落語界でも、政界でも名を成した為政者が〝老虎〟と〝孤高〟の姿で、世間をうるおす益を求めてやまないならば〝咎〟などあろうはずもないし、自ら引退の道などを決して選ばない…と思った。

4月13日に立川流落語会で久しぶりに高座に上がった談志さんは「首提灯」を披露。その出来に満足できず引退を示唆する発言をしたが、それは談志独特の反語表現だ……とも感じた。

しかし、談志はついに力が尽きた。

私は12月9日に発売する自身の最新エッセー集に、思い切って『飲んで暴れて惚れて』（三才ブックス刊）とタイトルを付けた。世間的な常識・道徳・倫理に背いて生きる私は談志さんの後を追いかけているような気がしてならない。談志さんが逝った年まであと十余年の私は、このふざけた本の題名が妙に気に入っている。

談志さんは死の直前、家族に「葬儀はするな、お経いらない、骨は海に流せ…」と言い残した。

たとえ天才であったとしても死は等しく訪れる。談志さんはギラギラとした眼差しを私に向け「高須君、思い切って生きろ、ひるむな」とパーティーからの帰りしな軽く背中を押した。

談志さんは声帯切除を拒否した。今春亡くなった官能小説家、団鬼六さんも人工透析を拒否していた。2人の天才の死を目の前にし、私は〝飲んで暴れて惚れて〟の人生を命尽きるまで歩む覚悟をした。

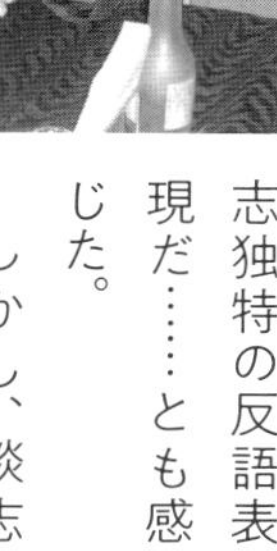

参議院議員時代の盟友にエールを送った談志さんと筆者（2010年4月9日）

高須の一言

「あなたの背中を追いかけていきます！」

立川談志（たてかわ・だんし）

1936年東京都生まれ。落語家。落語立川流家元。古典落語を現代に生かそうと、さまざまな挑戦を続けた。自ら起こした落語立川流では、多くの人材を育て、今も多くの弟子が活躍している。政界にも進出し、参議院議員（1期）、沖縄開発庁政務次官も務めた。

夕刊フジ
2012年4月10日掲載

ツラかったとき力を与えてくれた　安岡力也の歌

4月6日午後7時頃、「安岡力也が危篤だ。すぐ麹町の病院まで急げ！」と四十数年来の友人から電話が入った。私は下町・亀有の小料理屋で、その街出身の〝問題の女性歌手〟の将来を肴にシコタマ飲んでいた。すぐ俳優の岡崎二朗さんからも連絡が入り、フラフラだったが、タクシーをとばした。

手土産に、力也が大好きな「のり弁当」をなじみの店主に用意させた。力也は肉食系の代表ではあったが、10年ほど前から、のりとおかかを二段に重ね、しょうゆがゴハンに染みたシンプルな味を妙に好んだ。

桜が満開を迎えた週末の道は混んでいた。308号室に駆け上がると、岡崎さんが力也の手を握り、26歳になる息子の力斗ら親族5人だけが、ジッと奮闘を見守っていた。

「夕方6時ごろには、血圧は50ぐらいに下がり、脈拍は180ほどで危険でした」と力斗。「小康状態ですので高須さん、会ってください」とうながされた。あの偉丈夫な腕はやせ細り、力なく私を見た。

「力也さん！　のり弁を持ってきたよ」と声をかけ、黙って、手を握った。酸素吸入器を付け、余分な肉がソギ落とされた端正な顔を見ながら思わず、「シャープ・ホークスのボーカル当時のハンサムな力也がいる……」と独り言がもれた。

1968年10月、ベトナム戦争反対で東京・六本木にあった防衛庁(当時)に丸太を持って突入を図り、長く獄に入った私は、シャープ・ホークスが歌う「遠い渚」と和田アキ子の「どしゃぶりの雨の中で」を〝黙歌〟して、チンコロ(告げ口)もせず、仲間を守りきった。当時の力也は、イタリア的な彫りの深い顔立ちと、野太い声で、マニアックなファンが付いていた。私もその一人だった。

2010年6月、とあるパーティーで談笑した安岡力也さんと筆者

世間ではキックボクサー、不良役の映画俳優、そして「ホタテマン」を取り上げるが、私にとっては、なんたって、グループサウンズのリードボーカルNO・1なのだ！

2010年、ギラン・バレー症候群を一刻（ひととき）克服、後楽園ホールで開催されたキックボクシング大会「ビック・バン」で力斗に助けられながら、独り立ち上がり会場に姿を現した。

このとき、「高須、お前は胃を取ってるんだろ。体には気をつけろよ」と痛くなるほど強く握手してくれた。

病室から帰りしな、モニターを見ると血圧も、脈拍も普通に戻っていたが、ダルそうに手を動かしつづけていた。

そして4月8日午前6時に逝った。友達だったゴールデンカップスのデイヴ平尾も、モップスの鈴木ヒロミツも、そしてジョー山中も今はいない。私も、力也もあちらこちらでケンカだらけの「飲んで!!　暴れて!!　惚れて!!」の人生だ。

高須の一言

「憶えてるぜ、あの痛い握手を」

安岡力也（やすおか・りきや）

1947年イタリア生まれ（仙台市生まれ説も）。俳優、ロック歌手。64年、映画「自動車泥棒」の主演で芸能界デビュー。その後、GS「シャープ・ホークス」にボーカルとして参加。80年代にバラエティー「オレたちひょうきん族」の「ホタテマン」も人気に。

夕刊フジ
2013年1月29日掲載

大島渚監督の薫陶を誇りに ジョニー大倉ハリウッドへの夢

伝説のロックンロールバンド、元「キャロル」のジョニー大倉が、大島渚監督の告別式で棺をかつぐ姿を参列者に紛れて見た。

後日、夫人を伴って、東京・新橋にある私の出版社に現れたジョニーは「16日に発売したんだ！」とアルバム『I Remember Carol by Johnny』を手にしていた。キャロルのデビュー40周年を記念して「ファンキー・モンキー・ベイビー」はじめ23曲をセルフカバー。

「昨年1年かけて100カ所のコンサートをやり抜いたんだよ。このアルバムでは〝キャロリズム〟を持ちつつソロとしての俺の世界を届けたいんだ」と、ぬる燗をちびり。

私の行きつけの寿司屋では主人が、CDを流し続けてくれた。

キャロル解散後、俳優として、映画『遠雷』で日本アカデミー賞優秀助演男優賞に輝き、大島監督の『戦場のメリークリスマス』では朝鮮人軍属カネモトを演じた。

数々の〝不思議な事件〟も起こしながら、反社会的テーマのVシネマでは地味ながら異彩を放ってきた。

常々、「僕を矢沢（永吉）と比較する人が多いけど、僕は僕の道をひたすら走りつづけてきたんだよ」と語り、還暦を迎えて、落ち着きと健康を取り戻し、そして太った。

ジョニーは大島監督の棺をかついだ名誉について、「〝戦メリ〟に出演したのは俺と坂本さんしかいなかったから」とグイっと胸を張ると、唐突に『「レッド・サン」』ってハリウッド映画を覚えている

俳優業も。80年代には映画「遠雷」「戦場のメリークリスマス」の演技で注目される。
2014年11月19日死去、享年62。

か？」と尋ねた。

　そして、「俺は三船敏郎になりたい」と真顔で私に語りかけた。

「英語力はある。乗馬も大河ドラマ出演（『武田信玄』）で習得した。殺陣だけはまだ中途だ」と、本気でハリウッド進出を考えている。

「レッドカーペットを『新レッド・サン』で歩きたいんだよ」と、蕩々と語るのだ。

　私とほぼ同じ年のジョニーの妄想とも言える飛躍だが、大島監督にあやかって〝六十路ロックンローラーのヌーベルバーグ俳優〟として飛び出してほしい。たとえ、それが新春の見果てぬ夢だとしても…。

高須の一言

「ジョニー、おまえの見果てぬ夢を信じたぞ」

ジョニー大倉（じょにー・おおくら）

1952年神奈川県生まれ。ミュージシャン、俳優。71年に矢沢永吉らとキャロルを結成、ギターと作詞を担当。「ファンキー・モンキー・ベイビー」などの大ヒットを生み出す。75年キャロル解散後は、

夕刊フジ
2013年5月7日掲載

芸人魂へし折った借金苦

ポール牧　牧伸二

浅草芸人だったポール牧が東京・西新宿の10階マンションから飛び降り自殺したのは、2005年4月2日のことであった。ウクレレ漫談の牧伸二が多摩川丸子橋付近から投身したのは奇しくも同じ4月の29日のこと。2人はともに漫談家、牧野周一門下(ポール牧は破門)であった。

牧伸二をめぐっては、会長を務める東京演芸協会の500万円以上の協会資金が不明で、「5月30日の総会までに用意する」と理事らに約束していたともいわれる。だが、ポール牧の場合と同じで、誰も言わないのであえてズバリと書く。

人は借金ではめったに自殺をしないが、キツく厳しい取り立ての借金苦では自死の道を選ぶ。私はそう思う。

牧伸二が亡くなる数日前の夕暮れ時。浅草国際通りの老舗喫茶店「ペガサス」で見かけた牧伸二は私と同じように杖をつき、歩くのも極めて困難な風体であった…。

私の生業(なりわい)のエロスと同様に、人々は「笑い」を「下」に見る。つまり、お笑い芸人を「可愛がる」、そして「愛し」もするが、「敬いはしない」のが世の常だ。だから、お笑いで成り上がった芸人は笑われない芸能分野の歌手や俳優、司会業に機を見て転じ、小説家あるいは芸術家にあこがれの目を向けたがるものだ。

しかし、究極の手元不如意に陥ったポール牧と牧伸二は、それぞれ生涯「指パッチン」と「やんなっちゃった節」の芸風にこだわった天晴れな2人だった。

実のところポール牧は当時マンションのベラン

牧伸二(まき・しんじ)

1934年東京都生まれ。ウクレレ漫談家。弟子に泉ピン子ら。2013年4月東京・多摩川丸子橋付近から投身自殺。享年78。

ダを乗り越える体力はなかったし、牧伸二も橋の欄干を軽々と乗り越える体調ではなかったはずだ。真実は「借金という真っ赤な他人」から突き落とされたと同じことだ。私に言わせれば、まさに「金で相当追い込まれたな！」である。

　浅草、上野界隈の凄まじい芸能の裏面に精通したポール牧と牧伸二は、結果的に遠隔リモートコントロールにより、死に追いやられ、自ら最後の力を振り絞りマンションと橋の上から飛び降りたのだ…。

　牧伸二は人生の悲哀を笑い飛ばし、世相を風刺したりする四行詩に特別な才能を示した。生涯で2000近くの四行詩を生み出したが、最後は「あ〜、やんなっちゃった…」と自らの命を絶ったのか。昭和の演芸界では先代林家三平の「どうもすいません」と一対を成すフレーズで、楽観的でありながら悲観的フレーズであった。

　師匠から「武器を持て」と言われ、ウクレレを友とした牧伸二だが晩年、浅草六区の東洋館では、ウクレレ漫談を脱却し、ロックンローラー「シンジ・マッキー」という名でロックを歌っていた。

　また、夜には浅草の多くのスナックに出入りし、自らが作詞作曲した「浅草お祭り音頭」のキャンペーンに力を注ぎ、行商人のようにCDを手売りしていた。

　晩年のポール牧が、僧籍を抜け軽井沢に引きこもったこととは違う。牧伸二は78歳になっても積極人生であった。繰り返すが、牧伸二には橋の欄干を乗り越える体力があったはずもなく、ただあったのは芸に対する執念だ。借金苦は、マイナスの超人力を人に与えるものなのか…。

高須の一言

「指パッチン、やんなっちゃった…あの執念は見習いたい」

ポール牧（ぽーる・まき）

1941年北海道生まれ。コメディアン、タレント。2005年４月、都内の自宅マンションから投身自殺。享年63。

夕刊フジ
2013年9月18日掲載

背中を押してくれた松井選手の偉大な力

私は松井秀喜選手がアメリカでホームランを打った翌日、必ず松井Tシャツを着て出社してきた。

だから、東京タワーで開催されている「55番の軌跡 松井秀喜展」の会場を訪れて、思わず「ありがとう」とつぶやいた。

2003年春、ニューヨーク・ヤンキースのデビュー戦で満塁弾を打ってから、12年夏にタンパベイ・レイズで大リーグ最後の1本を打つまでの175本。Tシャツは、石川県能美市にある松井秀喜ベースボールミュージアムで毎年買い新調した。袖を通すたびに勇気をもらい、奮い立つ気迫を生んでくれた。

ミュージアムにある少年時代の松井のブロンズ像には台座に「僕には夢がある」と刻まれている。

「I have a dream」は、1960年代アメリカで人種差別撤廃を訴えながら凶弾に倒れたキング牧師の有名な演説の一節でもある。奇妙な共通点を見つけ、エリート野球人生を思い切って捨て去り単身海を渡った松井に大きなシンパシーを覚え続けた。

元巨人軍の清原和博は、「高須さん、私も松井のようにコツコツと努力することができたら、もっとすごいホームラン記録を作れたと思う」と語って、松井の精いっぱい努力する積小為大の人生を礼賛した。

展覧会場で松井の伝説の素振り音を耳にしたとき、私はあまりのすさまじさに総毛立った。恐ろしい気迫だ。

今週、本塁打の日本記録を達成して大騒ぎとなっ

松井秀喜展で勇気をもらった筆者

たヤクルトのバレンティンや現役大リーガーのイチローと比べて、松井は見劣りするだろうか。いや、決してそんなことはない。私の背中を175回も押してくれた力は偉大だ！

　私は松井が故障するたびに胸を痛め、しょんぼりとした。今夏、たった1日の契約を結んだヤンキース選手としてヤンキースタジアムで引退セレモニーが行われた日、私は仕事を休み、テレビでその雄姿を目に焼き付けた。

　団塊世代の私になぜここまで力と勇気と夢をくれたのだろうか？　それは、きっと彼の寡黙さと、その裏の地道な努力が好感されたからだろう。国民栄誉賞の授与式で「大変光栄ではありますが、同じくらいの気持ちで恐縮しています」と語ったのも松井らしかった。今さらながら引退は悲しい……。

　私にも夢がある。松井秀喜に会うことだ。

高須の一言

「あの気迫には総毛立ったな……」

松井秀喜（まつい・ひでき）

1974年石川県生まれ。元プロ野球選手、ニューヨーク・ヤンキース GM特別アドバイザー。星稜高校から93年にドラフト1位で巨人入り。2003年ヤンキースに入団、09年ワールドシリーズではMVPに輝いた。12年に現役引退、翌13年に国民栄誉賞を受賞。

夕刊フジ
2014年1月15日掲載

満身創痍だったやしきたかじん

この年末年始、芸能界の団塊世代が次々と倒れ、命果てた。

大瀧詠一（1948年生まれ）が解離性動脈瘤で、やしきたかじん（49年生まれ）はがん闘病の末、そして、加山雄三&ランチャーズに参加し、制作ディレクターとして光GENJIや工藤静香らを育てた渡邉有三（49年生まれ）が虫垂がん……。

たかじんは大酒呑みでハチャメチャだったが、大瀧は断酒・禁煙の摂生に努めたという。

彼らの死を目の当たりにして、私は約10年前のあるパーティーを思い出した。東京・目白のフォーシーズンズホテル（当時）で、密かに開かれたローリングストーンズのロン・ウッドの妻のためのバースデーパーティーである。

このとき、同席したキース・リチャーズが言い放った。「ミスター・タカス。あなたのようなネクタイ姿の人生と、私の人生は違う。私は、やりたいように生きてきた。だが、この人生がもし失敗なら、ソーリーだ」。わずか30人ほどの集まりで、私はパシャパシャと気軽に記念撮影していたら、屈強なボディーガードにつまみ出された。

それ以来、私はスーツ姿とおさらばし、黒いハット、黒Tシャツにジャケット、ジーンズ、スニーカーに変えた。

「私の人生は、私のもの。やるべきエロスはやり続ける。しくじったらごめんなさい」とばかり、キース語録に倣（なら）った。

この連載で繰り返し言っているが、私は初期がんで摘出した胃は4分の1しかないが、浴びるように酒を飲む。1日に吸うタバコは60本を超している。

「昆虫でもあるまいし」と生野菜は食べない。恋愛は現役。バイアグラは不要だ。

かつて大阪で、たかじんと何度か接しているが、「高須基仁を略すと〝高仁〟やなあ」と言われ、破天荒同士、妙に通じ合ったものだ。私の左傾化と、彼の右傾化の中で、最近でこそ距離ができたが、満身創痍は同じだった。

「口に苦いは、胃に甘い」。摂生するに越したことはないが、胃のない私は胃痛と無縁である。

高須の一言

「オレだって略したら、たかじんだ！」

やしきたかじん

1949年大阪府生まれ。歌手、タレント、司会者、ラジオパーソナリティー。関西ローカルながら、そのトークは視聴者の絶大な支持を得て、多数の冠番組を持つなど人気となった。2014年1月死去、享年64歳。

夕刊フジ
2014年4月2日掲載

イラストレーター安西水丸さん追悼
ヘアヌードにも理解

イラストレーターの安西水丸さんが亡くなった。71歳は、早すぎる。長らく兄のように慕ってきた。

1996年、私は官能専門誌「SMスナイパー」に「東京深川女浚渫船」という15枚ほどのSM短編小説を書いた。安西さんは、KKベストセラーズで〝縄師・洋平〟の異名を取る小西洋平編集長を通じて、「高須さんのエロ小説を世に出したら」と薦めてくれた。小説集『散骨』(光文社)として日の目を見た。

安西さんは、ベストセラー作家の村上春樹氏と組んだ作品で人気絶頂だった頃、〝毛の商人〟と呼ばれた私にも親しく接してくれた。

99年には、私のエッセー集『美女が脱ぐ瞬間―ヘアヌード写真集の舞台裏』(リム出版)で、「表紙のデザインはまかせてくれ」と、真っ赤なルージュを塗った美女のイラストを描いた。

毎年6月になると、東京・浅草橋の鳥越神社で開かれる例大祭で作家、百瀬博教さんの大宴席に安西さんも同席した。2人は、スノードーム(雪が降る球形のミニチュア)の趣味を通じて、仲良しだった。私が秋吉久美子や天地真理、高部知子、AV女優の夢野まりあ、その年にコラボした女性を連れて参加し、奇妙キテレツなあいさつをすると、ケラケラと笑って楽しんでくれた。

安西さんから「高須さん、東京の旧い街角で映画女優を撮ったらいい。野外ロケだよ」とご教示いただいたこともある。『東京美女』という週刊誌のグラビア企画になり私はプロデューサーをつとめ、本にもなった。

2年前に新橋のおでん屋「お多幸」で一献傾けたのが最後になった。

「真夏におでん、いいねえ。長尻（ながっちり）はダメだよ」と粋な飲み方。シンプルに大根、はんぺん、こんにゃくで冷酒をグビリ。

「私は赤坂に生まれたが、幼い頃、喘息で千葉の千倉に移ったんだ」と話した安西さんは、まだ工事中だったマッカーサー道路に関心を寄せていた。

バーではきついアイリッシュウイスキーをあおり、危ないクローネンバーグの映画とチェット・ベイカーのトランペットを好んだ。

3月末、道路が完成し「新虎通り」と名付けられた。「猥雑な東京らしい、マッカーサー道路の名でいいじゃないか」と語った安西さんの声が聞こえるようだ。

高須の一言

「こんなオレにも親しくしてくれた粋なアニキだった」

安西水丸（あんざい・みずまる）

1942年東京都生まれ。イラストレーター、漫画家、作家、絵本作家。日大芸術学部卒後、電通にアートディレクターとして就職。同社を退社し渡米後デザイナーに。71年帰国後にイラストレーターへ転向。2014年3月執筆中に倒れて死去、享年71。

夕刊フジ
2014年7月30日掲載

68歳拓郎、我が人生と共にあり

シンガー・ソングライター、吉田拓郎が約2年ぶりのツアー最終公演を東京国際フォーラムで開いた先週22日、私も会場に駆けつけた。

約5000人のジジババが大集結。のっけから「人生を語らず」「今日までそして明日から」「落陽」の人気曲を3連発。総立ちの中、前から8列目の中央でジッと見続けた。

「もう68歳になるのか……」

我が身とそう変わらぬ齢（よわい）を重ねた拓郎は、少し痩せ、年相応に歌声もちょっと枯れた感じだ。拓郎の歌とともに自分の人生も蘇る。

初めて見た「つま恋」コンサートは1975年、オールナイトだった。夜明け間近に「人間なんて」を歌い、「ラララ　ラララララ」と叫び続けるダミ声にも似た力強さに私の20代の魂は揺さぶられた！

数年後、生まれたばかりの長男を大きなカゴに入れ、当時の妻と3人で再び「つま恋」にいた。さらに、若い愛人と2人で出向いたライブもあった。

8年前に復活が話題を呼んだ「吉田拓郎　&　かぐや姫　Concert　in　つま恋2006」には、独りぼっちで参加した。会場でNHKのインタビューに応じ、「恥ずかしいからあまり人には言わないけど、寂しいときに拓郎の曲を聴くんだよ」とコメントをした。

そのときも近くにいた直木賞作家の重松清さんと、先週の会場で一緒になった。「千葉のコンサートにも出向いたんだ」と重松さん。世代的にはひと回り以上も下の重松さんは追体験の拓郎ファンだが、作家として何かインスパイアーされるのだろう。

常々、私は拓郎に対し、「力強さ」を感じとってきた。それは、地声の強さである。

拓郎のライブで〝ツーショット〟。枯れた味わいだった

一方で、私はボブ・ディランにも心酔している。ボブ・ディランのファンの中には拓郎を揶揄する向きもあるが、私はどちらも本物だと思う。

今回、拓郎はアンコールで「純情」を歌った。作曲・加藤和彦、作詞・阿久悠―どちらも今はこの世にいない。2時間半を歌い終えた拓郎は、観客席の三方に向かってそれぞれ深々と頭を下げた。不覚にも涙が出た。

まだまだ、共に居てくれ！　そんな思いで新曲「AGAIN」を会場で買った。

高須の一言

「寂しい時には聴いてるんだ……」

吉田拓郎（よしだ・たくろう）

1946年鹿児島県生まれ、広島県育ち。シンガー・ソングライター、音楽プロデューサー。日本の音楽界に大きな影響を与え、“J－POPの開祖”ともいうべき存在。自身で作詞作曲、歌うにとどまらず、多数の歌手、ミュージシャンにも数多くのヒット曲を提供。

夕刊フジ
2015年7月1日掲載

ワイドショーにはテリー伊藤！「また世の中ぶった斬れ」

今年3月まで日本テレビ系「スッキリ!!」でレギュラーを務めていた私の盟友、テリー伊藤の電撃移籍が報じられた。今週に入ってTBS系「白熱ライブ　ビビット」で復帰。テレビ東京系の「チャージ730!」の木曜日にも登場する。

やっぱりテリー不在のワイドショーはダメだ!

テリー伊藤こと伊藤輝夫は、私が中央大を出て、玩具会社トミー（元タカラトミー）に入社した頃、テレビ制作会社IVSでアシスタントディレクターをしていた。中大映研の後輩がIVSにいたこともあり、浅草すしや通りのカフェバー「スティング」でよく会った。私が24歳、伊藤は22歳であった。

京成立石駅にほど近い場所ではフォーク歌手、なぎら健壱が「キャノンボール」というスナックを営んでいた。なぎら、伊藤と私は、よく合流して酒を酌み交わした。伊藤は洒落たアメ車に乗り、私はカブトムシ型のワーゲンだった。

時は平成の世に移り、伊藤は外国人風にテリーを名乗るようになった。

私がヘアヌード写真集の編集者となり問題を起こすと、自身のラジオ番組に呼び援護してくれた。細川ふみえがマスコミに叩かれ、私がメディア対策に追われると、テリーは「アサヒ芸能」のコラムでエールを送り続けてくれた。

ワイドショーで送り出してきたコメントは、まさに団塊世代の代弁であり、「弱い者に味方する。女性にも味方する」という姿勢だった。

近頃のテリーをテレビで見るとき、明治から大正にかけて活躍したという青い目の落語家、快楽

団塊仲間のテリー伊藤（左）と筆者

亭ブラックを思い起こす。英国領オーストラリア出身ながら日本語は驚くほど達者で、江戸っ子言葉でまくしたて評判を呼んだ。高座ではフロックコートで身を固め、ときには粋な和服姿に。ビシッと正座し「西洋人情噺」などを演じた。言っておくが、談志門下だった二代目とは似て非なる初代のブラックのことである。

初代ブラックの父親は「万国新聞」などの社長を務めた明治時代の気骨あるジャーナリストだった。テリーは日本人だが、平成のブラック的洒脱さを身にまとい、まだまだ世の中をぶった斬ってほしい。

高須の一言

「おまえはアメ車、オレはワーゲンだったな」

テリー伊藤（てりー・いとう）

1949年東京都生まれ。テレビプロデューサー、タレント。実家は東京・築地場外市場の玉子焼き店。早稲田実業中・高等部から日大経済学部卒。テレビ制作会社でディレクターのキャリアを積み、「天才・たけしの元気が出るテレビ!!」で頭角を現す。

夕刊フジ
2016年1月13日掲載

復興にも力 「ぴあ」矢内廣社長との熱い約束

中央大映画研究会の後輩にあたる「ぴあ」の矢内廣社長とは約50年にわたるお付き合い。矢内社長は福島県いわき市出身で、東日本大震災の復興支援活動を行うチームスマイルを立ち上げ、その一環として東京の豊洲と、いわき、仙台、そして岩手県釜石の4カ所にライブ会場「PIT」の開設を進めてきた。

豊洲、いわきは既にオープン。私は今月9日、釜石PITのオープニングに駆けつけた。披露式典には、やはり中大出身の遠藤利明オリンピック担当相も参列。同じ釜石で開催するラグビーW杯会場予定地の視察も兼ねていた。

先週には長らく発行してきた「TVぴあ」の休刊を発表した矢内社長。疲れているかと思いきや「高須さん、3月11日の『大震災の日』には仙台PITもオープンするんだ。また、参加してください」と意気軒昂だった。PITとは〝パワー・イントゥ・東北〟の略称で、東京と東北3県を結ぶライブ構想の実現は間近だ。

すでに情報誌の「ぴあ首都圏版」も2011年に休刊しているが、雑誌のアナログ的発想から脱して、インターネット時代を生き抜くライブ会場への転換は、エンターテインメント業の真骨頂だ。収容人数は釜石が約150人、仙台は1200人である。

会場の事業費の一部は、復興支援を目的に期間限定で再結成したロックバンド、プリンセスプリンセスにファンが寄せた義援金が充てられたそうだ。10日には釜石PITでプリプリのボーカル、岸谷香がオープニングコンサートを開いた。仙台

ＰＩＴのこけら落としでは、プリプリのライブが開かれる。

矢内社長は、学生時代よりすっかり痩せた私に「体は大丈夫か」と気遣ってくれ、仙台までの車中で語り合った。互いに頭はすっかり白くなったが、私たちは不撓不屈だ！

私は、今年８月に開催予定の秋葉原系地下アイドルの祭典「萌えクイーン祭り」をモッツ出版25周年記念イベントとして豊洲ＰＩＴで開くことを約束した。

高須の一言

「今のぴあがあるのは、オレが車に載せて書店回りしたからだゾ!!」

岩手・釜石PIT のオープニングに駆けつけた矢内廣ぴあ社長、遠藤利明オリンピック相と筆者（左から）

矢内　廣（やない・ひろし）

1950年福島県生まれ。ぴあ創業者で社長。中央大在学中の72年にアルバイト仲間と情報誌「ぴあ」を創刊。雑誌発行とともにぴあフィルムフェスティバルを主催。84年に日本初のオンラインチケット販売サービス「チケットぴあ」をスタートさせた。

夕刊フジ
2017年1月18日掲載

同じ年齢のジュリーには目が離せない

2017年はジュリーこと沢田研二に注目している。デビュー50周年、そして6月には私と同じ69歳を迎える。

先日、日本老年学会が〝高齢者〟の定義を75歳以上に引き上げる提言をした。だれも年寄り扱いされたくはないが、65～74歳は「准高齢者」と名付けた。ジュリーは公演で客席にこう怒りをぶちまけた。

「老人じゃないと言われて、びっくりや。若い人が年寄りをうまいこと使おうという、魂胆が見え見えやん」

同感だ。社会の中でまだまだ働いて納税せよ、というのが、お上の本音だろう。まさに「勝手にしやがれ」だ。

還暦を過ぎてからのジュリーは、歯に衣をきせなくなった。今年5月と6月に、今東光原作の「悪名」を基にした音楽劇「大悪名」を各地で上演するという。また、7月からは50周年記念ライブで、数々のヒット曲とともにタイガース時代の歌も披露する。

手前みそだが、私も5年前に世のアウトサイダー13人との対談を収めた「悪名正機」を出版して物議を醸した。悪名は無名に勝る！

ジュリーのことは、私の盟友であるザ・ワイルドワンズの鳥塚しげきからもよく聞いている。酒は強いはずだが、最近は自重しているらしい。69歳にして変わらぬ声質を響かせるためのプロとしての節制なのだろうか。

私は毎晩浴びるように飲んでいる。たばこはセブンスターを1日に60本以上吸う。サプリメントもやらない。現役の〝69〟は週1回のペースを守っている…。

私たち団塊世代は、もはやUターンはしない。

ジュリーを聴きながら、糸川英夫博士が手掛けた

戦後初の実験用ロケット「ペンシルロケット」のように失敗してもまっすぐ上昇し続けるだけだ！

高須の一言

「ドタキャン上等！　オレだって不良を貫くぜ」

沢田研二（さわだ・けんじ）

1948年鳥取県生まれ、京都府育ち。歌手、俳優、作詞作曲家。妻は女優の田中裕子。60年代後半、GS ザ・タイガースのボーカルとして人気に。ソロとしてもヒットを連発した。2018年10月、客の不入りを理由に公演をキャンセルして話題になった。

夕刊フジ
2017年3月8日掲載

ムッシュの死に「エロス三昧」決意

グループサウンズのカリスマ、ムッシュかまやつの訃報にがっかりしながら私は3月3日のひな祭りの日に「第21回熟女クイーンコンテスト」を主催した。

200人の男性ファンが集結した東京・新宿ロフトプラスワンでは森高千里の「私がオバさんになっても」が流れる中、選抜されたランジェリー姿の美熟女9人が登場。審査委員長の私はこの日のために選曲したスパイダースの「バン・バン・バン」をバックに、とぼけた顔をしながら内に思いを秘めて開会宣言をした。

吉田拓郎のつま恋ライブに出演したときのムッシュをふと思い出した。「我が良き友よ」を歌いあげたときの照れたようなスマイルが忘れられない。終生ふさふさだったロングヘアにわれわれ団塊世

代はジェラシーを込めて「本物なの？」と毒づきながら、あこがれ続けてきたのだ。

会場の喧噪で我に返った。熟女とはいえ三十路の女性にＧＳ時代を語ったところで理解されるはずもない。私は何があっても周囲に笑顔を振りまいたムッシュを見習って陽気に3時間を進行した。だが、司会を担当したＸ－ＧＵＮ（バッグン）のさがね正裕だけは「高須さん、ムッシュが逝きましたね……」と、芸人としても洒脱な大先輩の軌跡を礼賛した。

〝電マ朗読会〟などお下劣なエロパフォーマンスの連続に私は、「日本が平和だからこんなことができるんだ！」と息巻いて、会場も沸き返った。伝説のＡＶ女優、夢野まりあ（38）も参戦。過酷なバトルの末、クイーンに選ばれた無職のアイ（27）は、「今すごい体がアツイです」と興奮気味だった。

私は「アイは〝吹いた〟のが良かった。体を張って勝ち取った」と、あえて下品なエールを送った。エロス三昧の私だが、ムッシュの名曲「ゴロワーズを吸ったことがあるかい」の一節を借りれば、「すごく小さな事」でも「凝ったり狂ったり」しながら、感激しなくなるまで続けるしかない！

高須の一言

「ゴロワーズの煙……熟女の背脂、オレの生き方さ」

かまやつ　ひろし／ムッシュ　かまやつ

1939年東京都生まれ。ミュージシャン。「ザ・スパイダース」のメンバーとして活躍、解散後はソロとして70年代に「どうにかなるさ」「我が良き友よ」のヒットを飛ばす。フォーク歌手の森山良子は従妹。2017年3月死去、享年78。

夕刊フジ
2018年1月31日掲載

西部邁さんを悼む 「伝説の人」への熱い思い

論客の西部邁さんが亡くなった。

初めて私がお会いしたのは、2008年5月。映画「靖国 YASUKUNI」が物議を醸した頃だったが、西部さんと私は八丈島にある八丈神社の例大祭に招かれ、ともに列席した。

西部さんは東大全学連の闘士として60年安保で牙をむき、私は70年安保で中央大全学連の武闘派だった。島の野天風呂で意気投合し、「中大の先輩から西部さんが〝転向者〟と揶揄されたとしても、私にとっては伝説の人です」と熱い思いを話した。

西部さんは難しい話はせず、「高須君、僕は『黄八丈（きはちじょう）』の反物を買って、どうしても細君に着物を作ってあげたいんだ」と、人懐っこい笑顔を見せた。黄八丈は、島に自生する草木で染めた素朴で美しい絹

東京・浅草の「どぜう 飯田屋」でも酒を酌み交わした西部邁さん（右）と筆者（中）

織物で、国の指定を受けた伝統工芸品でもある。

島での2泊3日は、私が運転手を引き受けると、後部座席の西部さんは「機敏だねえ。70年代の全学連はまだ体がよく動くなあ」と、うらやんだ。当時、西部さんは70手前、私は還暦を過ぎた頃だ。

島の歴史に話が及んだ。平安末期の保元の乱で源頼朝の逆鱗に触れた源為朝が流れ着いて島で自害、また関ケ原の天下分け目の戦いでは西軍についた宇喜多秀家が流人となった。2人の墓に参ると、「君と僕は時代が時代なら、島流しになっていたはずだな」と、ポツリ。〝真の保守〟として大衆に抗ってきた孤高の後ろ姿を見た思いだった。

黄八丈の反物を贈った夫人は、2014年に他界した。晩年、テレビで見る西部さんはいつも両手に手袋をはめていた。「もう世の汚いものには触れたくない」との思いだったのだろうか。

高須の一言

「あなたもオレも、島流しの人生だったのかな……」

西部　邁（にしべ・すすむ）

1939年北海道生まれ。評論家、元東大教授。64年東大経済学部卒業。同大学院で修士。88年、東大を辞任後は評論活動に軸足を移し、保守の論客として活動。2018年1月、知人らの手助けを受けて東京・多摩川で入水自殺。享年78。

夕刊フジ
2018年5月23日掲載

映画の中でしか会えなくなったヒデキと「愛と誠」の思い出

永遠のヤングマン、西城秀樹が63歳で逝った。思わず彼が青春映画「愛と誠」に主演した頃を想った。

梶原一騎原作・ながやす巧作画の劇画連載は、週刊少年マガジンで1973年に始まった。ちょうど「あしたのジョー」(68~73年)が終了。私は梶原一騎の実弟で空手家の真樹日佐夫と盟友といえるほど深い付き合いだったため、大ブームの舞台裏についても、よく聞いていた。

「愛と誠」は74年に松竹映画化され、凶暴な不良高校生である「太賀誠」役に、20歳になったばかりの秀樹が選ばれた。ちょうど、♪君が望むなら(ヒデキ!)の「情熱の嵐」が大ヒットした頃だったが、劇画も大人気だったため、「人気歌手などに主演させるとイメージが壊れる」「ギャラがそんなに欲しいのか」と非難を浴びたという。

しかし、秀樹も「オレの太賀を見てくれ」と体当たりで熱演した。また、太賀誠が幼少期に命を救う、ブルジョワお嬢様「早乙女愛」役はオーディションで約4万人の中から、鹿児島の高校1年生が選ばれた。役名がそのまま芸名となり女優の早乙女愛が誕生したのだ。大人びた黒髪はイメージがぴったりで、私は大きなシンパシーを感じた。「憧れの秀樹に会えるし、東京にも行ける」と応募したそうだが、後にヌードもいとわないセクシー女優に成長した。

私が新宿歌舞伎町の映画館で「愛と誠」を見たときは劇画ファンの男子と秀樹ファンの女子が入り乱れて、入るのに苦労したほど超満員であった。

アイドルが映画の中で成長していく姿を見るの

が好きだ。

「約束」（72年）で岸恵子と共演した萩原健一、原爆を作って政府を脅迫する「太陽を盗んだ男」（79年）に主演した沢田研二しかり。

しかし、残念なことに秀樹の共演相手、早乙女愛は２０１０年、51歳の若さで移住先のアメリカで客死。梶原一騎も真樹日佐夫もこの世に無く、秀樹までも……。もう映画の中でしか会えない。

高須の一言

「今もあの映画館の熱気がきのうのことのように感じるゼ」

西城秀樹（さいじょう・ひでき）

1955年広島県生まれ。歌手、俳優。郷ひろみ、野口五郎と共に新御三家と言われた70年代を代表するアイドル。歌手のほかドラマ「寺内貫太郎一家」などでも人気に。2003年6月に脳梗塞を発症したが、それを乗り越えて活動していた。

女あり

夕刊フジ
2010年9月2日掲載

〝穴惑ひ〟華原朋美は今こそ脱皮が必要

「トモちゃんが歌舞伎町でラリって、新宿警察署にまた保護されたらしい」

スポーツ紙記者から電話が入ったとき、思わず「季節はずれの『穴惑ひの蛇』になってしまったのか?! 華原朋美よ?!」と、大きなため息がもれた。

常々、華原には「蛇のように脱皮を繰り返し、クネクネとねばり強く生き抜いてほしい」と願っていた私は、明らかに音楽プロデューサー、小室哲哉との恋愛後遺症の様相を呈し、自暴自棄な行動を繰り返す姿に、心を痛めながらもエールを送り続けてきた。

「夢見る夢子」そのものの華原は、「眠りたくても眠れない」は日常と化し、歌舞伎町や錦糸町あたりをフラフラとさまよっている。

まさに真夏の夜の「穴惑ひ」状態だ。「穴惑ひ」とは本来、蛇が秋のお彼岸を過ぎても、冬眠のために穴に入らずに、あちらこちらをさまよっていることを意味する。

眠りたくても眠れない華原は、穴＝自宅のベッドから抜け出し、「穴惑ひ」を繰り返す。

私は、古いベンツのカーステレオに華原のベストCDを常備し、必ず聴く。そして、目に浮かべるのは、白馬にまたがって会見したトモちゃんの奇妙な言動であり、キティに瞳

かつてグラビア撮影をした際も、華原は幼さを残していた

をキラキラさせたころの華原だ。

ハツラツとしたCDの世界、奇天烈な白馬姿、子供のような姿……。

この3つのアンバランスに、壊れかかった華原を重ね合わせ、再び「眠りもせず　華原はさながら穴惑ひ」なんて、誰かをマネした句が頭に浮かんだ。

さて、三十路になった華原の今後のことだ。「眠りたくても眠れない」は、治療をしなければならない。

ひとりぼっちで、東京の深夜の盛り場をさまよう状態は危険だ。

思い切って、治療を兼ねて海外に移住したらどうか？

今までどおり、日本に住み続け、次々に出てくる新人歌手の台頭を目のあたりにすると、ストレスはより大きくなり、かつての恋人のスキャンダルなどに心を痛めることだろうし、気にもなるはずだ。

手元不如意の状況になってからでは、海外移住計画も立ちゆかなくなるし、今までのように印税が潤沢に入ってくるうちに実行するべきだ。

きっと、近くにいるスタッフは部屋でおとなしくしている「常臥し」状態を望むだろうが、華原の持って生まれた天性が、トモちゃん的な「穴惑ひ」を生み出す。

恋愛至上主義の芸能人が一つの恋に命をかけ、それが破滅したとき、抜け殻のようにもなる。トモちゃんを蛇扱いすると、ファンは激怒すると思うが、脱皮が今こそ必要なのだ。

彼女は、新しい恋なんて生涯しない、と心に決めているはずだ。

部屋にこもり、心を閉ざし、時折、「穴惑ひ」で街をさまよう三十路の華原は、一刻の脱皮をしている。だが、危険だ。

私は「脱がせ屋」を生業にしているが、華原を脱がせようとしたことは一度もない。

「トモちゃんを脱がせなかったのはオレの誇りかな…」

華原朋美（かはら・ともみ）

1974年東京都生まれ。歌手、タレント。94年、遠峯ありさの芸名でアイドルとして活躍。95年に事務所移籍を機に華原朋美に改名。小室哲哉プロデュースで歌手デビュー。翌年にかけ「I BELIEVE」「I'm　proud」などヒットを連発した。

夕刊フジ
2010年9月9日掲載

沢尻エリカは宇宙怪獣だったのだ

毒だらけの芸能界を〝破壊〟

女優、沢尻エリカが、東京・神宮前にオープンしたセレクトショップ「ｋｉｔｓｏｎ　表参道店」に、ド派手な女装をした「ゆかいな仲間達」と称する6人を引き連れ、突如現れた。

満面の笑みで写真機を構え、報道陣を逆取材するエリカと、カラフルで異様ないでたちの6人の集団を見ながら「こりゃ、『東京怪獣』だ！」と、思わず独り言が漏れた。そして、6年ほど前に、ＴＢＳラジオで放送されたドラマ「怪獣千夜一夜物語」をふと思いだした。

この「ウルトラQ倶楽部」は、約45年前にＴＢＳテレビで放映され、人気だった「ウルトラQ」をラジオ化した作品だ。しかも、テレビの特撮番組をラジオ化するという大胆な番組。映像を音で見せる試みだった。

「音で怪獣を表現できるのか？」という疑問もあったが、聴いて驚いた。

聴覚から伝わるデータは右脳で膨らみ、恐ろしい迫力で迫ってきた。映像のようにイメージを限定しないので、例えば１００人のリスナーから１００通りの怪獣のイメージが生まれてくることになる。これこそが、怪獣発想の原点ではないかと、怪獣オタクの私は思った。

「怪獣千夜一夜物語」は、東京が怪獣に占領されてしまう話である。「ハブギラス」「キバマンモス」などの怪獣が登場した。

怪獣は東京を占拠したが、彼らは人間を襲わない。その理由は、宇宙人が東京を餌場に選んで怪獣を電送したが、東京の人間はダイオキシなどに汚染されていて食えなかったから…というオチが付いていた。

さらに「怪獣千夜一夜物語」に続き、テレビドラマ「ウルトラQ・dark fantasy」が放送され、宇宙ロボット怪獣「ガラゴン」と、機械工場を襲う「サビコング」などが登場した。

主役のガラゴンは破壊活動をしない。ただ踊るだけ。ところが、この踊るしぐさが、実は「ガラQ」という侵略ロボットに電磁波を補給する行為だったのが後に分かる。

東京中のコンピューターが占拠され、社会の機能がまひしてしまうのだ。踊るガラゴンもペットロボット・ガラQも、侵略者としての不気味さを持っていた。

過日、「東京ガールズコレクション」に、ムチを持って踊るように歩いて登場したエリカは、まさにラジオ番組の宇宙ロボット怪獣、ガラゴンそのもののイメージ。エリカが引き連れた女装した6人は、ガラQだ。

6年前、19歳だったエリカはきっと、ラジオの「ウルトラQ倶楽部」を聴いていたに違いない。

「ウルトラQ」は45年前、「ジャリ番組」「ゲテモノ」と蔑まされたが、その人気は衰えることがない…。

今、エリカは毒だらけの日本の芸能界に噛みついた。普通の女としての結婚を夢見たが、「やっぱり結婚は毒」と思い、きっぱりハイパーメディアクリエイター、高城剛との離婚を決意した。

ウルトラQに登場したような〝怪獣〟6体を操りながら、たとえ〝ジャリ〟〝ゲテモノ〟と呼ばれても、宇宙怪獣「エリカ」の道を一直線だ。もう、止めようはない。エリカの「ウルトラQ」が見てみたい。

高須の一言

「今のエリカを見てると、怪獣時代が懐かしくなっちまうな」

沢尻エリカ（さわじり・えりか）

1986年東京都生まれ。子役デビュー後、2005年の映画「パッチギ！」で演じた在日朝鮮人役が高く評価されたが、07年の主演映画「クローズド・ノート」舞台挨拶での不遜な態度が激しいバッシングを浴びた。09年映像作家の高城剛と結婚も、5年後に離婚。

夕刊フジ
2011年4月26日掲載

下町の〝オチャッピー娘〟との別れ

スーちゃんが死んでしまった…。1970年代、高度成長期のアイドルグループ「キャンディーズ」のメンバー、田中好子は〝健康優良児〟という言葉がピタリとはまった。東京・足立区の下町生まれで〝オチャッピー娘〟の右代表だった。

ミニスカートからのぞくポチャッとした肢体といつも笑っている丸い顔、そして歌は一番上手なはずなのに、メーンボーカルをランちゃん(伊藤蘭)に譲る優しさがとても好ましかった。そろそろ「自分の青春は終わりかな……」と感じていた1977年、大好きな吉田拓郎が作曲した「やさしい悪魔」が発売され、よりファンになった。そして翌78年にキャンディーズは解散した。

それから約10年がたった89年、私の愛読書の一つだった井伏鱒二の小説「黒い雨」が映画化され、スーちゃんが今村昌平監督によって突然、主役に抜擢された。

「普通の女性だから」というのがキャストされた主たる理由だった。

下町の明朗快活な〝総天然色〟のような〝オチャッピー娘〟に広島原爆の被爆者の役が果たして務まるのか?! 明るいスーちゃんファンとして少し心配したが、モノトーン画面と見事に同化し、日本アカデミー賞などで数々の主演女優賞を総ナメに!!

まさにキラキラしたオールカラーの〝総天然色タレント〟から白黒映画女優に化身した瞬間だ。キャンディーズのスーちゃんは、33歳の女優・田中好子として自立独立した。

夏目雅子さんの兄、小達一雄氏と結婚した直後の92年に乳がんを発症し、人しれず治療を続けてきたが、肝臓、肺に転移し55歳の若さで4月21日の夜、逝った。

新聞系週刊誌のグラビア「東京美女」を毎月プロデュースしていた私は、女優・田中好子のグラビアのロケ地を拓郎と縁の深い東京・高円寺に設定した。

当時、乳がんを患っているとは知らない私は、明るいスーちゃんと高円寺の街で丸々一日をロケで過ごした。穏やかな人柄にふれ「菩薩様のようなやわらかい女性だな」としみじみと思った。

同じころ、夫の小達氏の前妻との一人娘である楯真由子の写真集を制作するため、今回の大震災で大きな被害を受けた岩手県陸前高田市で3日間にわたり、大ロケーションをした…。

小学生で子役としてテレビに出演していた楯真由子は夏目雅子さんの〝姪っ子〟にあたるわけで、子役ながら時折見せる表情には、女優夏目雅子の雰囲気が漂っていた。写真家の沢渡朔（さわたり・はじめ）氏は「よく似ているよ…」と、楯真由子の女優としての将来に大きな期待を寄せていた。

ところが、私は帰京後、全ての写真を封印した。小達氏との離婚の内幕を前妻から陸前高田市のロケ地で耳にしたからだ。余りのドロドロ話にスーちゃんのファンである私は名作ではあったが写真集をお蔵入りにした。その後の楯真由子のことは知らない…。

スーちゃんは、やっぱり〝オチャッピー娘〟のイメージを私に強く残して逝ってしまった……。また一人、私の好きな女優が居なくなった。

高須の一言

「あの明るさ、ホントに菩薩様のようだったな」

田中好子（たなか・よしこ）

1956年東京都生まれ。72年、伊藤蘭、藤村美樹とともに「キャンディーズ」を結成。78年の解散後は女優に転身。89年の映画「黒い雨」に主演し各種映画賞を総なめした。92年に乳がんが見つかったが生前は伏せられていた。2011年4月死去、享年55。

夕刊フジ
2012年3月13日掲載

「女のスカートの中で生きないで」私を〝戒めた〟忘れられない女性

東京・西新井にあるタンタンファイトクラブで3月11日、格闘技大会「BOXFIGHT Vol・6」が開かれた。クラブを運営するのは、刺青ボクサーとして名を成した元日本スーパーウエルター級1位・川崎タツキ。主催者である元K―1戦士・戸田拳士と共に、リング上に出場選手40人を集合させ、午後2時46分にテンカウントを鳴らしながら観客200余人と全員で黙禱した。

私は、すべての試合を見守った後、こんどは新木場の「1st―RING」で開催された地下格闘技大会「スラム第4回大会」に出向いた。

こちらの会場でも約500人の〝不良の群れ〟が黙禱。私もカツラ代わりにしているボルサリーノの帽子を再び脱ぎ、約1万9000人におよぶ犠牲者に対し鎮魂の祈りをささげた。

翌12日、1日遅れで東京に届いた河北新報は6面にわたり、宮城県内で死亡が確認された人と年齢に大きく紙面がさかれていた。丹念に読んでいた私の目がとまった。やっぱりあった。忘れられない女性の名が…。

かつて私は中央大学の全学連活動で指名手配を受けた時、思い切って、東北大学の友人の下宿先に逃げ込んだ。1968年のことだ。〝手元不如意〟の20歳だった私に、同い年で仙台市内の某女子大に通うI・T子さんが、「食べる物がないんでしょう?」と毎朝、さりげなく2つの弁当箱を届けてくれた……。

下宿先のアパートでヒザをかかえ座っていると、不安と寒さでガタガタと震えた。この年の10月末の仙台は、本当に寒かったのだ。

奇妙な2個の弁当箱の差し入れは2カ月半続いた。そして、仙台駅での別れで、最後の駅弁を私に手渡したT子は、「高須君、女のスカートの中で生きるような人生を歩まないで」と、キッとした口調で私を戒めた。

その後、彼女は小学校の教師となったと聞いた。東北大学を出て、同じ教師の道を歩んだ友人から、「T子が、津波で流され、死んだ…」と告げられたのは昨年5月。地下格闘技「クランチ・仙台大会」が開催されたZEPP仙台の会場であった。すでに定年退職していたT子は生涯独身だった。私は、T子が流された宮城県石巻市まで、一人で古いベンツを運転し、ガレキの中に立った。未だ、T子の遺体は発見されてはいない…。

今年の6月24日、6回目となる「東北6県・ミスシンデレラコンテスト」を開催する。東北地方で働くキャバクラ嬢のNo.1を決める大会で、私が審査委員長をつとめている。参加者は100人を超える。昨年はさすがに中止した。

T子に戒められた私だが、やっぱり〝女のスカートの中の力〟で生きている。コンテストの会場は、仙台の繁華街・国分町のダンスホール。私は今ナミダをこらえている!!

「オレにとっては涙をこらえなきゃいけない女だった」

夕刊フジ
2012年10月9日掲載

〝砂糖菓子〟の様な存在 中森明菜の逆襲を世間は待っている

歌手、中森明菜が「♪まっさかさまに堕ちてdesire」と、名曲「DESIRE―情熱―」を歌ったのは1986年のことだった。まだハタチそこそこなのに妙に成熟した女の香りを醸し出していた。

2枚目のシングル「少女A」では、あどけなさを残しながら、無表情に歌い切る顔つき、肢体そして危ない歌詞のパラドックスに大人の男たちは胸を高鳴らしたものだった。

その後、近藤真彦との恋愛沙汰のあげく虚実ないまぜの風評が立っても、世の男たちは明菜の〝矛盾〟を愛し続けた。

平成の世になると歌姫と礼賛された。たとえヒット曲に恵まれなくても連続ドラマ「素顔のままで」「冷たい月」での熱演は拍手で迎えられた。

99年の「ボーダー　犯罪心理捜査ファイル」では収録中の事故や体調不良で放送回数が減り、スキャンダルめいた噂もあったが、ファンの加勢は衰えなかった。

2000年前後はヘアヌード写真集が全盛。大人の色香を漂わせはじめた明菜と私は幾度も接触を試みた。しかし、ガードは固く直接のコンタクトは夢のまた夢……。

それでも当時「毛の商人」とか「脱がせ屋」とか呼ばれ男の期待を一身に背負っていた私は、いつしか巨大なコンクリートのダムの様な厚い守りを突破し、接触をした。

明菜は西麻布の小洒落た居酒屋で言った。

「高須社長、怪しげな話はどうでもいいから飲みましょうよ」

煙にまかれ、いつしか私が先に酔いつぶれた。そして、置き去りにされた。

秋恒例のディナーショーは一昨年にキャンセルされて以来、途絶えている。明菜の魅力は、「薄氷を踏む女」、言い換えれば、「タイトロープの女」でもある。

危うく壊れやすくピリピリとした緊張感が常に彼女のまわりには漂う。ガラス細工というより砂糖菓子の様な存在だ。

触れれば崩れる…。
舐めれば溶ける…。
落とせば割れる…。
踏めば壊れる…。

熱すれば跡形ない…。

それでも、たった数分間の曲の中に全ての人生を歌い切る能力がある。

誰も書かないのであえて書く。この、天才歌姫を破壊したのは、いったい誰なんだ？

デビュー30周年の今年47歳になった。

かつて石川達三の『四十八歳の抵抗』という小説がベストセラーになったことがある。心に潜む後悔と不安を拭えない中年男の物語だが、明菜も今年は無理としても48歳の逆襲を私は待望する。

蟻のような男たちは甘い砂糖水があれば、必ず群がる。今、世間で必要なのは血糖値を上げる壊れた砂糖菓子なのだ！

高須の一言

「オレを酔いつぶし、置き去りにしたなんて……大した歌姫だ」

中森明菜（なかもり・あきな）

1965年東京都生まれ。歌手、女優。82年「スローモーション」でデビュー。85年「ミ・アモーレ」、86年「DESIRE ―情熱―」で2年連続日本レコード大賞。2010年、活動を休止したが、14年暮れ、NHK紅白にニューヨークからの中継出演で、復活を果たす。

夕刊フジ
2013年8月28日掲載

藤圭子の人生は私を一刺しした
あれは「愛唱歌」ではない！

歌手の藤圭子が8月22日早朝、東京・西新宿のマンション13階から飛び降りた。62歳であった。一報を聞き、不思議な偶然が頭をよぎった。

お笑い芸人のポール牧が２００５年４月の早朝に投身自殺したマンションもすぐ近くであった。ポールは生前、軽井沢の別荘でこう言った。

「高須君。離婚、結婚を繰り返してきた私が大きなことは言えないが、高い所に居を構えてはいけないよ」

当時、私は離婚したばかり。「独り酒を飲み、ポツンと外を眺めると、死にたくなるものだよ」とも諭した。

ポールは軽井沢でゴルフ三昧の生活の後、金銭トラブルで追われ、新宿のマンション10階に転居。そして、予言していたかのように自死してしまった！

だから、今回も複雑な心境なのだ。

彼女が亡くなった日、私の手元に『証言　連合赤軍』（皓星社刊）なる本が届いた。１９７０年代初めに青春をおくったさまざまな分野の56人が６９０ページにわたり、時代の証言をした大作だ。その中に私も入っている。編集にあたったのは「連合赤軍事件の全体像を残す会」。

ページをめくると「圭子の夢は夜ひらく」の歌がオーバーラップした。だが、ワイドショーで、したり顔のコメンテーターが「全共闘の愛唱歌」と礼賛していたのには納得できない。私をふくめ、全共闘世代の仲間は、歌わなかった。

その内容が、あまりに当時の世相「そのまま」だったから、顔をそむけていたのかもしれない。

悲惨・絶望・迷路・行き止まり……そんなギザギ

ザ気分の中に塩を塗り込めるような藤圭子ワールドを封印してきたのだ。

　自殺のニュースを聞いた日も、日活の元アイドル女優、西尾三枝子が経営するスナックで昭和歌謡を合唱していた。同世代の千葉マリアや「燃える恋人」を歌った本郷直樹らにも電話し、団塊世代の歌手のうわさ話で盛り上がった。

　そして私と西尾が歌ったのは、宇多田ヒカルの「Ａｕｔｏｍａｔｉｃ（オートマチック）」だった。60年代後半に新宿三光町（現・歌舞伎町～新宿5丁目あたり）にあったディスコ「チェック」「ＬＳＤ」「らせん階段」で聴いてきたオーティス・レディングやテンプテーションズのなつかしい香りを嗅ぎ取った。

　宇多田が大ブレークした当初、われわれは藤圭子への贖罪の気分でCDを買ったのだった。

『証言　連合赤軍』の中で、私はこうコメントした。「どんな革命でも、ひとり一人愛を語ったり、セックスがあった……そしてボウフラがちょっと一人前になって何となく一刺しして、ハイ、サヨナラ」。

　藤圭子の人生は私を間違いなく一刺しした。

高須の一言

「あの時代の中にいた人間だからこそ、違うと言いたいんだよ」

藤　圭子（ふじ・けいこ）

1951年岩手県生まれ、北海道育ち。69年「新宿の女」で歌手デビュー。翌年の「圭子の夢は夜ひらく」が大ヒット。ハスキーボイスとは裏腹のアイドルフェースも当時人気を得た。一人娘は歌手の宇多田ヒカル。元夫はムード歌謡歌手の前川清。

夕刊フジ
2013年11月13日掲載

島倉千代子は熟キャバ嬢のお手本

島倉千代子が死去した。私は常々、完熟した女の香りを感じ取っていた。それは「この世の花」でデビューしたセーラー服姿の頃からイメージしていたし、「人生いろいろ」の妙に体をクネクネさせて歌う姿からも想起していた。

できることなら来年3月3日の桃の節句に開催する第16回熟女クイーンコンテストの特別ゲストにお招きし、「東京だョおっ母さん」を歌っていただきたかった！

1985年ごろ東京・赤坂のTBS通りの小さな焼き肉店でお会いした瞬間を思い出す。「意外に身体の大きな女性だなあ」という印象。七重の膝を八重に折るような借金苦があったとしても、しっかり受け止めてきたのだろう。

後に別れた阪神タイガースの藤本勝巳選手と結婚した際、「よく寝ることとよく食べることは、歌手もプロ野球選手も同じよ」と語っていた。だが、私の経験上から言っても、借金苦はじわじわとストレスとなって強靱な身体をむしばむ。乳がんを克服したが、肝臓がんで逝ってしまった。

ところで今、ロンドンの大英博物館で「春画―日本美術における性とたのしみ」なる展覧会が開かれている。肉筆絵巻から北斎、歌麿に至るまで170点が堂々の御開帳だ。江戸の遊女たちのセックス・テクニックや庶民の日常がおおらかな笑いに包まれた〝笑い絵〟として描かれている。表向きは発禁の書だったが、読者は男ばかりではなく、庶民の娯楽の究極であり、現在のエロマンガにも通じる。

来年1月5日まで開かれているこの展覧会。日本では引き受け先がないのが残念だ。

いま私の住まいと事務所がある東京の新橋4丁目には、春画の世界を現代に置き換えたような、その名も「SHUNGA」という熟女キャバクラがあり、パジャマのまま時折出向く。ちょうど、いま店内では島倉のヒット曲が流れている。熟女たちの応援歌でもあるのだ。

叩かれても、踏まれても、たくましく笑いの中に生き抜く熟キャバ嬢たちのお手本が島倉の人生と重なるような気がしてならない。銃後を守った日本の母による反戦歌でもある「東京だョおっ母さん」を聞くと、思わず涙が出るのである。

高須の一言

「お千代さん、あなたのたくましさに学んだヨ」

島倉千代子（しまくら・ちよこ）

1938年東京都生まれ。55年、「この世の花」でデビューし、人気に。50年代、「東京だョおっ母さん」、「からたち日記」などヒットを連発。私生活では離婚や巨額の借金を抱える苦難も。87年「人生いろいろ」が大ヒット。2013年11月死去、享年75。

夕刊フジ
2014年11月5日掲載

「あるがまま」…ものすごい女優の証明

樹木希林(1)

秋の叙勲・褒章では毎年、さまざまな芸能人の名前が躍る。今年は桑田佳祐(58)に紫綬褒章が贈られスポットが当たった。新聞の扱いは、それほどではなかったが、私に言わせれば樹木希林(71)の旭日小綬章は値千金だと思う。現在の女優で一番好きだ。芸能界に横溢する「見せかけの優しさ」に反抗する姿が、老メイクの陰に隠されている。

かつては、悠木千帆という芸名であった。

前夫は怪演で知られた男優、岸田森氏(故人)で、文学座の同期。彼のファンであった私は六本木のキャンドルなどでよく見かけた。私がいた中央大映研の自主映画には同じ文学座の藤堂陽子が主演していた。

その後、悠木は小林亜星がガンコ親父を演じた人気ドラマ「寺内貫太郎一家」で、亜星の母役として腰の曲がった老婆に扮し、沢田研二のポスターの前で「ジュリィ〜!」と身もだえする名セリフを吐いた。ドラマは、視聴率30%を超えたが、あっさりと「悠木千帆」の名をテレビのオークション番組で競売にかけた。「売るものがないから」という理由で、たったの2万2000円で売っ払ったのは、飾らない人生の真骨頂だろう。

さらに、当時、TBSドラマの大物プロデューサーだった男と出演女優の不倫を打ち上げの席で大暴露したことでも注目された。こそこそしていた当人たちに良かれと思ってやった所作だった。

現在の夫であるロック歌手、内田裕也との愛憎ないまぜのやりとりや、2人の間の長女、内田也哉子とモックン(本木雅弘)夫妻への眼差しも興味深い。

２００３年、網膜剥離で左目を失明した際には、「今までいろいろなものが見えすぎた」とコメントした。過日、私も白内障で両眼の手術をしたが「見えすぎて困っている」。器が違う。

乳がんの摘出手術後、無事復帰したものの、最近では全身がんを告白。座右の銘は「行き当たりばったり」と常に達観している。

その実は、「あるがまま」を受け入れ、自然や運命に素直に身を委ねる人生の過ごし方だ。自らの女優人生をあっけらかんと開示し、私達ファンに力を与え続けている。

高須の一言

「見えすぎることの不自由。見えないことの大切さだな」

樹木希林（きき・きりん）

1943年東京都生まれ。旧芸名・悠木千帆。夫はロック歌手の内田裕也。61年、文学座に入団し女優に。テレビに軸足を移し、個性派女優として多くのドラマ、映画に出演する。2013年3月、自身のがんを告白した。14年旭日小綬章。18年9月死去、75歳。

夕刊フジ
2018年9月19日掲載

男女関係をバッサリ斬る達人　樹木希林(2)

全身がんに侵されながら、75年を生き抜いた女優、樹木希林は偉大だった。もう昔のスキャンダルを蒸し返すリポーターもいなくなったから私が書く。男女の関係をこれほどスパッと鮮やかに斬る人はいなかった。

かつて女優、島田陽子が全裸写真集に挑んだとき、テレビのワイドショーでコメンテーターをしていたカメラマンが、「鶏ガラのような裸体だ」と暴論を吐いた。樹木の夫でありながら、当時、島田との不倫関係が噂になっていた内田裕也は、「ふざけるな、殴ってやる」とカメラマンに噛みついた。

そんな内田と離婚騒動が持ち上がったとき、樹木は「愛人の女性には会ったこともありますよ」「どうぞ、さしあげますから」と会見で言い放った。しかし、一方的に離婚届を提出してハワイに逃亡した内田に対しては、「きちんと話し合ってほしい」とテレビを通じて叱りつけた。その後も、〝別居結婚〟という奇妙奇天烈な形態で、内田に添い遂げた。

他人にも鋭かった。「寺内貫太郎一家」に続いて、郷ひろみと番組挿入歌の「林檎殺人事件」を大ヒットさせるなど彼女が脇役として名を上げたTBS系ドラマ「ムー一族」。その打ち上げのスピーチで、プロデューサーとドラマに出演していた若手女優が不倫関係であることを暴露したのだ。この女優が妊娠8カ月にあることまでバラした。プロデューサーは妻と離婚し、この女優と再婚して晩年を過ごした。

当時、樹木は悠木千帆の芸名だったが、不倫を暴露したことについて、「2人の気持ちを軽くしてやろうと思った」と話している。なんと達観した母性だろう。

いま心配なのは、そんな母性を失って、コメントを出す気力も失った内田裕也の落ち込みだが、それもそれだ。

高須の一言

「内田裕也と添い遂げた彼女にゃ、オレはかなわんな」

夕刊フジ
2016年11月16日掲載

大好きだった「ハスキーボイス」りりィ

大好きだったシンガー・ソングライター、りりィが死んだ。まだ64歳であった！

1974年。玩具メーカーのサラリーマンだった私は、営業に使っていたカローラのカーラジオから「私は泣いています」を聴き釘付けになった。カセットテープで繰り返し聴いた。

カバー曲の「ベッドで煙草を吸わないで」（78年）も秀逸で、若いのにハスキーボイスが妙に合っていた。

その少し前にカルメン・マキが歌った「時には母のない子のように」（69年）、宇多田ヒカルの母親である藤圭子による「圭子の夢は夜ひらく」（70年）とともに、当時若かった女性の異色「三大ハスキーボイス」を大変ヒイキにしていた。しかし、藤圭子は2013年に自死し、りりィは亡くなり、カルメン・マキは65歳になった。

りりィは、返還直後の沖縄を舞台にした大島渚監督の映画「夏の妹」（72年）に出演した姿がとくに印象的だったが、最近どうしているのか……。そう思っていたら宮沢りえ主演の「湯を沸かすほどの熱い愛」（公開中）で名バイプレーヤーぶりを発揮していた。何の照れも、てらいもなく、いまどきの俳優に溶け込んでワケアリの老女の役を演じきっていた。

夫の斉藤洋士とツインボーカルのユニット「Lily+Yoji」のライブも精力的に行っていたが、今年5月から肺がん闘病のために活動を中止していた。もう一度聴きに行けばよかったと悔恨が残る。

りりィのご子息はロックバンド「FUZZY　C

ONTROL」のボーカル、JUONで、ドリームズ・カム・トゥルーの吉田美和と結婚している。歌の魂は受け継がれるのか。

高須の一言

「あのとき聴いておけばよかった……そんなこととの繰り返しだ」

リリィ

1952年福岡県生まれ。72年、歌手デビュー。ハスキーボイスで注目され、74年「私は泣いています」が大ヒット。80年代は結婚・出産で活動を休止したが、97年のTBS系ドラマ「青い鳥」出演後は女優として注目度が上がった。2016年11月死去、享年64。

夕刊フジ
2016年4月27日掲載

戸川昌子さん シャンソンバー「青い部屋」の思い出

推理作家でシャンソン歌手の戸川昌子さんが26日、胃がんで亡くなった。85歳だった。

長男で戸川さんが高齢出産したNEROさん(38)が自身のツイッターで、「本日、母戸川昌子が旅立ちました。心からの感謝を込めて。ありがとう、ママン。」とツイート。5年前に末期がん宣告を受けていた。

戸川さんといえば、1967年に開き、2010年に閉じた東京・渋谷のシャンソンバー「青い部屋」が、あまりにも有名だ。

三島由紀夫、なかにし礼、美輪明宏、川端康成といった文化人や政財界人が集ういわゆる文壇バーでもあった。VIPルームはガラス張りで、姿は見えども話は漏れない粋なつくりだった。

閉店間際。店が危機に瀕していたころ、私はロッ

最晩年の「青い部屋」でジョニー大倉(左)と筆者(右)は、戸川昌子さん(中央)を応援した＝2010年

ク歌手のジョニー大倉（２０１４年、62歳没）と、微力ながら店存続運動のお手伝いをしたことがある。

戸川さんは「全部、知人の男性に店の経営をまかせていたので……」と多くは語らなかったが、その知人に１０００万円を超す大金を〝持ち逃げ〟され、窮地に陥っていた。

ジョニーは、「キャロル前夜」の17歳のころ、「青い部屋」で歌ったことがあり、恩返しの意味で店のステージに立った。客は集まったが、戸川さんはいつになく弱気で、「高須くん、焼け石に水なのよ」とつぶやいた。

「青い部屋」は、最近になってようやく青空の下に出た感があるＬＧＢＴ（性的マイノリティー）に理解のある店のハシリだった。

そして、店名は東京が焼け野原となった終戦に由来する。防空壕暮らしだった戸川さんは母、兄と見上げた〝真っ青な空〟が忘れられなかった。私の前で、声高に反戦を叫ぶことは少なかったが、こよなく愛した歌「リリー・マルレーン」に思いを託していた。戦場の兵士が恋人への思いを込めた歌だ。

私が「青い部屋」で見た最後の戸川さんは、精根尽き果てた様子だった。いまはただ安らかにお眠りいただきたい。

高須の一言

「きっとあの世でジョニーと楽しくしてるだろうナ」

戸川昌子（とがわ・まさこ）

1931年東京都生まれ。高校中退後、英文タイピストを経て57年頃からシャンソンを歌う。その傍ら小説に手を染め、62年、ミステリー「大いなる幻影」で江戸川乱歩賞受賞。63年の「猟人日記」が直木賞候補となるなど流行作家に。2016年4月死去、享年85。

夕刊フジ
2016年5月18日掲載

ベッキーよ「ゲス」とヨリ戻せ

「男性」は離婚成立、障害はない

タレント、ベッキー(32)の復帰番組となった金スマ(「中居正広の金曜日のスマイルたちへ」)は、視聴率24・0%(ビデオリサーチ、関東地区調べ)を記録した。清原和博被告の初公判を報じたワイドショーより注目度が高かった。

三十路となったアイドル系タレントを何人も身近で見てきたが、ズバリ結婚願望はハンパじゃない。プロ野球選手、Jリーガー、IT実業家をウの目タカの目で探し回る。ベッキーの場合もその揚げ句に年下の才能あるミュージシャンに狙いをすましたが、「奥さまがいる人を好きになってしまった」と金スマで涙ながらに謝罪した。

しかし、不倫と略奪愛は同義で、〝禁じ手〟ほど燃えるのが世の常。彼女はひとときの「不倫の香り」に酔ったのだ。

プロ野球選手の妻になったところで、現役時代は短く、薬物事件に端を発して清原の元を去ったモデルの妻のようには、なりたくなかっただろう。IT実業家にしてみたところで、「濡れ手でアワ」の行く先は不透明だ。同業者の恋愛の有り様を見てきたベッキー的分析の末にたどり付いたのが、〝年下の才能〟だった。

ベッキーは謝罪した番組の中で、その「ゲスの極み乙女。」のボーカル、川谷絵音(27)の名を呼ばず「男性」と突き放した。しかし、ジッと待って休養してきた間に「男性」の離婚は成立。障害はなくなり願ったり叶ったりの状態のはず。

誰も言わないのであえて書く。

少しだけ時間を置いて、初志貫徹でまた「ゲス」と交際すればいいじゃないか。三十路女の深情けが今こそ試される。このくらいのシナリオ設定は当たり前。無名より悪名だ！
常識・道徳・倫理に背いて生きる芸能界においては、

「じっと耐えた彼女だが、三十路半ばで化けてほしいもんだ」

ベッキー

1984年神奈川県生れ。タレント、歌手。父がイギリス人の日英ハーフ。子供番組「おはスタ」のマスコットガールで人気となり、多数の出演番組を持ったが、2016年1月、ゲスの極み乙女。・ボーカルの川谷絵音との不倫をスクープされ、一時休業。亜細亜大学経営学部卒

夕刊フジ
2017年5月10日掲載

「浅草ロック座」智恵子ママの〝遺言〟

ヘアヌード時代に毛の商人と呼ばれた私も大いに薫陶を受けたストリップ劇場「浅草ロック座」名誉会長、斎藤智恵子さん（享年90）。連休まっただ中の1日、東京・浅草の東本願寺慈光殿で営まれた通夜には智恵子ママを慕う約２００人が参列した。

テレビカメラがビートたけしに群がる中、私は女剣劇の浅香光代と世志凡太の夫妻と同席した。サッチーVSミッチー騒動のとき、私は野村沙知代側についていたのだが、「高須君、別れた女房とは会ってるの？」と浅香さんに聞かれた。

当時、テレビリポーターだった元妻はミッチー側だったが、別れて十余年が経つ。私も実際は、浅香さんと同門のようなものだ。

ストリッパーの草分けだった智恵子ママは、男女問わず芸人や俳優を育てあげたが、アイドル出身の小向美奈子が浅草ロック座で踊り子に転身したときは、「裸体稼ぎ人」の心意気を優しく伝授した。通夜に駆けつけた小向はむっちりした体を喪服に包みながら報道陣に囲まれ「今の私があるのはママ

のおかげ」とポツリ。唇をかんだ。
　ストリップの極意はチラリズムだが、そもそも男装の渡世人姿で、すそから太ももを覗かせたのは、女剣劇・浅香の真骨頂だった。もとは、智恵子ママが36歳のときに「東八千代」の芸名で和服姿の踊り子となったときのお家芸でもあった。「あからさまより、チラリズムにエッチの本質があるのよ」と浅香さんに諭された。
　顔見知りの東本願寺の職員から、「高須さん、斎藤会長のお好きだった酒は何ですか？　遺影の前に置きたいのですが」と問われたが、「酒はいいよ……」と答え、浅香さんと献杯した。

高須の一言

「事務所が浅草にあった頃はお世話になった。改めて合掌……」

斎藤智恵子（さいとう・ちえこ）

1926年宮城県生まれ。東京・浅草のストリップ劇場「ロック座」元経営者。自ら踊り子として活動の後、経営者に転向。勝新太郎、ビートたけしら多数の芸能人との交遊で知られた。2017年4月死去、享年90。

夕刊フジ
2017年5月17日掲載

坂口杏里なんてメじゃない!! 2億脱税AV嬢、里美ゆりあ

「里美ゆりあ」をご存じだろうか。

2014年6月、東京国税局から2億4500万円もの所得隠しを指摘されて物議を醸したAV女優である。決してほめられたことではないが、〝3万円恐喝〟の坂口杏里とはスケールが違う!

18歳からAV女優をはじめ看護師、教師、痴女から女体盛りまでさまざまな人気作に主演。テレビ東京系のお色気番組「おねだりマスカットDX!」にも出演し、番組から生まれたアイドル「恵比寿マスカッツ」の一員として活躍。筋金入りのエロス女優で、高級デリバリーヘルス嬢の経験もあり、現在は六本木のキャバクラ嬢で、AVも現役である。

そんな彼女の破天荒な半生を綴った『女はそれを我慢できない!! マネー&セックス』を出版するこ

人生イケイケの里美ゆりあ

とにした。

「高須さんの前で〝化粧〟したって、すべてお見通しでしょ」と、すっぴんで私の会社に現れた彼女。日頃から、「お金とセックスは、我慢できないのよ」と公言していることから、このタイトルになった。

「私、いろいろと痛い目に遭ってきたけど許すことで望みは叶うものよ。もう三十路になるけど、負けないわ」

くだんの所得隠し騒動では、泣く子も黙る税務署を相手に大反論。異議申し立てをしている。

言い分はこうだ。「結婚を条件に交際したが成就せず慰謝料として金銭を受け取った。大阪の医師、FX株取引会社、香港在住の不動産業者、NPO法人主宰者から、それぞれ5000万円を受け取った」

慰謝料は原則として非課税という解釈もあるが、申し立ては却下され追徴課税を払った。それでもめげずに威風堂々、イケイケのエロス街道を突っ走っている。

心をハダカにした告白本にご期待を。

高須の一言

「税務当局と闘う威風堂々ぶり、一目置く存在だな」

里美ゆりあ（さとみ・ゆりあ）

1984年神奈川県生まれ。AV女優。2003年、「小泉彩」としてAVデビュー。AV女優やグラドル、モデルらで構成するアイドルグループ「恵比寿マスカッツ」に11～13年所属。14年6月、税申告漏れから東京国税局に約1億1500万円の追徴課税を課せられた。

夕刊フジ
2017年6月21日掲載

花咲かせた水丸さんとの〝野際陽子談義〟ももう……

杜の都、仙台の「仙台文学館」で開催されていた「イラストレーター　安西水丸展」に行ってきた。

漫画、絵本、小説、エッセーと幅広く活躍した水丸さんだが、味わいのあるタッチのイラストはとりわけ秀逸。ユーモラスで、優しく、鋭い作品を眺めながら、2014年に亡くなった水丸さんとの日々を噛みしめた。

前にも書いたが、毎年6月になると作家の百瀬博教さん、水丸さんら〝不良仲間〟と東京・台東区にある鳥越神社の祭りに繰り出した。私は水丸さんから光文社の文芸担当を紹介され、全共闘時代を舞台に暴力とエロスを描いた自伝的小説『散骨』を書いた。エッセイ集『美女が脱ぐ瞬間』の表紙デザインも描いてもらった。

水丸さんは、SM嬢がムチをふるうイラストも、ほのぼのとした筆致で描いたが、私を「高須君は、本物のエロ事師だよ」と妙に鼓舞して、かわいがってくれた。

あるとき浅草の元SKDダンサーがママを務めるスナックで、一献傾けていると、「私が一番ひいきにしている女性アナウンサーはね……」とポツリポツリと語り出した。

そのひとりが亡くなった野際陽子さんだった。

「野際陽子にはフランスのエスプリの香りが漂っている。NHKを辞めてまでソルボンヌ大学に留学していたからね」

戦後、ハリウッド映画一辺倒の風潮で、ヨーロッパ映画をこよなく愛した水丸さんは、「(カナダ人の)クローネンバーグの監督作品には野際さんのイメージが重なってしようがない」とも言っていた。
われわれは、大東京の平和を脅かす〝悪〟と闘う無国籍な6人の猛者たちが活躍するドラマ「キイハンター」で女スパイを演じた野際さんにも夢中になった。ひとしきり野際談義に花を咲かせたが、2人とも居なくなってしまった……。

高須の一言

「着物姿の姑役の記憶が強いが、キイハンターで見せた、男をぶん投げる姿はかっこよかった。オレも投げられたかったな」

野際陽子（のぎわ・ようこ）

1936年石川県生まれ、東京育ち。58年立教大文学部卒後、NHKアナウンサー。62年退局、フリーに。仏留学から帰国後はドラマ「キイハンター」で人気女優となり、共演の千葉真一と結婚。75年、38歳11カ月で娘、真瀬樹里を出産。2017年6月死去、享年81。

夕刊フジ
2017年12月13日掲載

一途な女だった野村沙知代さん
４人の男に捧げた人生

サッチーこと野村沙知代さん（享年85）の訃報が関係者の間に流れた8日夕、私のケータイは報道各社から問い合わせで鳴りっぱなしだったが、「もう長く会っていない…」と答えるしかなかった。一時は深く関わり、確執もあった。

ミッチー・サッチー騒動（１９９９年）の後、サッチーが世間のバッシングを受ける中、私はサッチー本を２冊プロデュースした。「高須、あんたに、まかせたわよ」。どこか腹をくくった男気があった。

息子・克則氏の妻、有紀子さんとサッチーの共著による『日本一勇気ある嫁』では、「日本一怖くて強い姑」サッチーとの４０００日戦争を公開して話題に。サッチーの写真集も手がけたが、こちらはなぜか売れなかった……。後年、肖像権をめぐって裁判でやりあったこともあったが、今では良い思い出だ。

歯に衣きせぬ派手な言動で世間を騒がせたサッチーだったが、４人の男のために捧げた人生だったな、と思う。前夫との間にもうけたダンとケニー両氏、野村克也氏と〝ダブル不倫〟と騒がれながら、愛を貫いた末に生まれた克則氏ら３人の息子。そして、野球一筋の克也氏をだれよりも立てて生き抜いてきた。

かつて、南海ホークスの監督だった克也氏に解任騒動が持ち上がったとき、球団オーナーから「野球をとるか、女をとるか」と突きつけられたのは有名な逸話だ。当時事実婚状態だったサッチーとの踏み絵に、「女を取る！」。その後の大波小波の中、克也氏が野球人生を貫いてこられたのは、内助の功だ。

「私が悪役でいいの。野村克也がナンバーワンなのよ」

それが常套句。73歳のとき、若返りの整形手術を受けたのも、年下の夫の前できれいでいたかったからだ。実は一途な女だった。

高須の一言

「彼女の虚構の人生は、死後にノムさん自らも認めたけれど、いろいろと濃い人だったなぁ……」

野村沙知代（のむら・さちよ）

1932年福島県生まれ。タレント。夫は元プロ野球選手・野球監督の野村克也。戦後上京し、57年、米軍将校と結婚。2児をもうけるが、72年に知り合った野村と不倫関係になり、その後2人は再婚。猛妻ぶりを発揮し注目を浴びた。2017年12月死去、享年85。

夕刊フジ
2018年2月7日掲載

有賀さつきさんと〝天然の美〟

アイドル女子アナの草分け的存在だった有賀さつきさんが思いがけない若さで急死した。52歳だった。

実は約10年前、有賀さんと私は、ある民放BS局の情報番組でコンビを組み、司会をする予定だった。都内の放送局に出向くと、快活なイメージとは反対に、やわらかい物腰で、「はじめまして」「よろしくお願いします」とそれは丁寧な印象だった。

幼少期をニューヨークで過ごし、当時のミスコンでは常連だったお嬢様学校のフェリス女学院大出身。文化放送の「ミスDJリクエストパレード」では、向井亜紀や飯島真理、松本伊代がパーソナリティーを務めていた頃、花の女子大生として早くも、インフォメーション係を務めている。

フジテレビの局アナ時代は、「楽しくなければテレビじゃない」のキャッチフレーズを体現する華やかな顔立ちだった。

私がお会いした頃は、円熟味を増していたが、「高須さんは、熟女クイーンコンテストをやられているんですね」と、当時、熟女を礼賛して私が立ち上げたばかりのミスコンにも興味を示していた。

四十路になったばかりの有賀さんは、花の女子アナ当時の面影を残したくっきりとした顔立ちのまま。「この女性は、整形をしていないな。天然の美だな」と私は直感したが、2人の番組は事情があって立ち消えとなってしまった。

最近のテレビでは、60代に入っても堂々と整形をしてコメンテーターを続けている民放出身の有名女性アナや、70代になった相撲界の元〝女将さん〟が顔立ちを整えて口角をきゅっと上げている。

美の基準は人それぞれだ。エールを送りたい。
　有賀さんは、がん告知が当たり前になった現代で、病名を頑なに明かさないまま闘病し、死はしばらく伏せられていた。天然美の元祖アイドルアナのイメージのまま旅立ってしまった。

高須の一言

「彼女との番組が成立していたら……と思うこともあるな」

有賀さつき（ありが・さつき）

1965年愛知県生まれ、東京育ち。タレント、元フジテレビアナウンサー。フェリス女学院大時代にラジオパーソナリティーを務めた。92年フジを退社しフリーに。フジテレビ解説委員の和田圭氏と結婚、2002年に1女をもうけるが離婚。18年1月死去、享年52。

夕刊フジ
2018年8月29日掲載

同郷・静岡出身のシンパシー、さくらももこさんを悼む

漫画家のさくらももこが乳がんのため、53歳で亡くなった。昭和49（1974年）の静岡県清水市（現静岡市）という設定の代表作「ちびまる子ちゃん」には、同郷出身ということもあり勝手にシンパシーを感じていた。

86年8月に「りぼん」で連載がスタートした当時、私は玩具メーカーのトミーから外資系のマッチボックス・ジャパンの社長に転じた。英国本社と行き来する機内によく分厚い「りぼん」を持ち込んだ。90年からアニメ放送が始まると私は仕事柄、商品化を画策したが頓挫して、ヘアヌード写真集を武器に玩具業界を去った……。

そんな私の心にも「まる子ちゃん」はずっといた。四コマ漫画で新聞連載されていた最中に東日本大震災があった。そのしばらく後の漫画が忘れられない。

「またいっぱい咲いたね」「寒い中、がんばったんだもんね」「きっと大丈夫だよね」…そんな内容だったと思う。

静岡在住で、広島の原爆をテーマにした作品でも知られる漫画家、ごとう和が私にこう言った。「さくらさんは社会問題を反映する作風ではなかったけど、東日本大震災には大きな影響を受けたと思う」

アニメ「ちびまる子ちゃん」のテーマソングを歌ったゴールデンボンバーが着ている「TAMIYA」のTシャツにもつながりを感じる。田宮模型の本社も静岡だ。静岡には独特の雰囲気がある。

まる子のお姉ちゃん（さくらさきこ）は、西城秀樹の熱狂的なファンとして知られる。今年5月、秀樹は急死した。そして、まる子のお姉ちゃんをアニメで担当した声優の水谷優子も2016年5月、乳がんのため51歳の若さで亡くなっている。そして原作者まで、この世を去ってしまうとは言葉がない。

「さくらももこ、タミヤ、そしてタカス……静岡が誇る存在になりたいもんだ」

さくらももこ

1965年静岡県生まれ。漫画家、エッセイスト。84年、静岡英和女学院短大在学中に漫画家でデビュー。短大卒業後に上京し、会社員をへて漫画家一本に。86年8月、「りぼん」で「ちびまる子ちゃん」の連載開始。2018年8月死去、享年53。

忘に残る熟女

夕刊フジ
2010年10月14日掲載

「熟女クイーンコンテスト」安倍里葎子のデビュー40周年にあやかりたい

島田陽子に非礼も審査員を依頼

歌手、安倍里葎子のデビュー40周年記念パーティーが8日、都内のホテルで開かれた。約500人の昔からのファンに交じり、作曲家の平尾昌晃氏、芸能リポーターの石川敏男氏らが発起人に名を連ね、華やかな宴席となった。

新曲「愛の命日」を、かつての恋人、小野ヤスシの目の前でサラッと歌うなど、熟女ならではの修羅場のあしらい方で、まさに「熟女の人たらし」の手練手管の究極を見た気がした。

それにしても元恋人の前で、「愛の命日」ってスゴイ!! 大パーティーにもかかわらず司会者を置かず、安倍は自ら約2時間のショータイムを取り仕切った。

私は、偶然にも隣に座った女優、若村真由美の美しい顔を見ながら、いつもの倍の量の酒を軽く飲んだ。

少し離れた席に、〝国際派〟の熟女女優、島田陽子を見つけたので、少し立ち話でもと考えていたが、若村の美しさに圧倒され続け、酒の酔いも手伝い、足元がフラフラ。気がついたら、島田は帰った後だった。

翌日、島田に非礼をわびる電話を入れると、「高須さんが鏡割りを、平尾さんと一緒にしているのを見ていたよ」。私に気づいていたようだが、とにかく酔っぱらいすぎた。

元光GENJIの

安倍のパーティーに負けないぐらい、熟女クイーンコンテストも盛大にやりたい!!

大沢樹生にも帰りしな、「高須さん、熟女の香りに酔いすぎないように」とチクリとクギを刺された。

ところで、東京・新宿ロフトプラスワンで21日、私主催の超エロスイベント「第9回熟女クイーンコンテスト」が開かれる。

メインゲスト審査員がまだ決まっていなかったので、思い切って、島田にお願いした。

「いいわよ」と島田は即答。レギュラーは審査委員長の漫画家、やくみつる、官能小説の丸茂ジュンの両氏が決定済みだ。安倍にも「いつものように、審査員、お願いします」と頼んだが、過日逝去した司会者、玉置宏さんを偲ぶコンサートが同じ日に控えているため、残念ながら不参加となった。

今回は安倍の代役として、未定だが、松浦ひろみが有力。オープニングには、高校3年ながら芸能プロの社長を務める「未熟と戦う18歳の超熟女」、中井ゆかりが開会宣言をする。それもTバックの水着姿で、「テロよりエロのほうがよっぽどいい」と声高らかに。

第1回から司会を務めるローバー美々は「回を重ねるごとに、集まるファンが多くなってきている」と、前夜から席取りのために徹夜で並ぶ「高須マニア」のエロ熟女ファンの多さに目をクリクリさせていた。

事実、地下2階のロフトプラスワンに続く階段には約50人が座り、コンテストを楽しみにしてくれている。

コンビニの成人誌コーナー、DVDショップのAVコーナーで、「熟女モノ」の人気は衰えることなく、熟女クイーンに選ばれたAV女優を中心に秘かにブームは続いている。

9回を数えるコンテストは、私の熟女好き趣味の金字塔であり、性の真骨頂だ。安倍のデビュー40周年にあやかり、40回目をいつか達成したい。

高須の一言

「彼女もオレもほぼ同時代を駆け抜けてきたんだな。いつも応援したい人だ」

安倍里葎子（あべ・りつこ）

1948年北海道生まれ。歌手。70年8月に「愛のきずな」でデビュー。これがヒットし、同年の第12回日本レコード大賞新人賞などを受賞。他に「愛のおもいで」「お嫁に行くなら」、83年の橋幸夫とデュエットした「今夜は離さない」などがヒットした。

夕刊フジ
2010年10月28日掲載

島田陽子を迎え熱気ムンムン「熟女クイーンコンテスト」

ピカピカ裸体の本城さゆりが女王に

私のライフワークである「熟女クイーンコンテスト」が10月21日、9回目を迎えた。

東京・新宿歌舞伎町にある地下2階の会場・ロフトプラスワンに通じる階段には朝早くから熟女マニアが並び、開場と同時に約250席が埋まり、超満員。夜7時すぎ、女優の島田陽子が特別ゲストとして登場すると、一斉に「うおー」と歓喜の声が上がった。

コンテストの事務局には「熟女のNO・1は島田陽子‼ ぜひゲストで」とリクエストが多く寄せられ、9回目にして応えることができた。

開会前、島田は控室で、セーラー服の下にTバックの水着を器用に身につける18歳の中井ゆかりのあられもない姿を見ながら目を丸くした。

「中井ゆかりは『U(アンダー) 15のグラビアアイドル』としてデビューして、18歳にして芸能プロの社長なんです」「未成熟ながら未熟と戦っている高校生熟女」と私が紹介すると、島田は小柄なゆかりの背中を軽くたたき、エールを送った。

予定より15分ほど遅れて、コンテストはスタート。参加者の10人の熟女は「垂れ乳、妊娠線、下り尻は女の勲章よ‼」とばかりに、女体に刻まれた辛苦歴史をあからさまにしながら、熱演し、乱れに乱れた。

とりわけ股間に電動マッサージ器をあてられながら、丸茂ジュンの

熟女マニアのマドンナ・島田陽子も登場し、会場は熱気に包まれた

官能小説を朗読するコーナーでは、36歳の生田沙織が思わず感極まって、おもらし。俗にいう〝潮吹き〟だ!!

それを見た島田は再び目をマンマル。「高須さん、8時すぎには別の仕事があるので、帰るね」と困った声で、開演からたった1時間で席を立ってしまった。

満員の熟女ファンを前に、帰りしな、「私もいつか立派に熟した女になりたい」と、五十路の「国際派女優」は威風堂々と語り、6人ほどの屈強なセキュリティーにガードされ、相手に送られながら歌舞伎町を去った。

残された熟女マニアは「島田さん、あまりのエロさに怒って帰ってしまったのか?」とザワザワしていたが、本当に新橋で仕事があったんです!!　この程度のエロで、エロスの究極を演じきっている女優、島田陽子は微動だにしません!!　まさに海千山千の人生を歩んできている彼女のインターナショナルな感性は、エロスならなんでもOKと、受け入れてくれる。

今回の熟女の女王に輝いたのは、本城さゆり。AVデビューから十数年がたったというのに、裸体はピカピカに輝いていた。

審査委員長の漫画家、やくみつるは「三十路させごろ、四十路しごろ、五十女のゴザむしり……って昔の人は女の性感について名言を残したけれど、30代の本城さんは青春真っ只中にいる」と語り、本城をグランプリに選んだ。

電撃ネットワークの南部虎弾は「18歳の中井ゆかりから50代の島田陽子さんまで、女のいいニオイはそれぞれドキドキします」と、女体の香りを堪能していた。

「乱れ」「ハチャメチャ」の宴は夜10時に幕を下ろした。打ち上げは延々と続き、早朝、気が付いたら、新宿のラブホで熟女10人と雑魚寝をしていました。

高須の一言

「彼女のインターナショナルな雰囲気はまだまだ健在だぜ、きっと……」

島田陽子（しまだ・ようこ）

1953年熊本県生まれ。女優。71年のドラマ「続・氷点」のヒロイン・陽子役で人気に。80年代は米ドラマ「将軍　SHOGUN」の出演で国際派女優に。その後はロック歌手、内田裕也との不倫やヘアヌード写真集の発表などでスキャンダル女優のイメージがつきまとった。

夕刊フジ
2015年1月14日掲載

ホーン・ユキに還暦ヌードを迫りたい

セクシータレント、ホーン・ユキを覚えているだろうか。1970年代、4人組アイドルグループ「ザ・シュークリーム」のメンバーで、当時はバスト90チセンを超す、元祖ボインちゃんだった。

そのホーンから、「高須君！　久しぶり」と突然、声をかけられたのは昨年末。一瞬、誰だ？と思ったが、まじまじと顔をのぞくと、まぎれもなく六十路になったホーンがいた。

「いったい、何をやってるんだ？」と聞けば、「また芸能界に復帰したいの」と、言うではないか。

ザ・シュークリームは、3年で解散。その後、杉村春子の「女の一生」を見て女優を志し、ドラマ「傷だらけの天使」（1974～75）の浅川京子役は忘れられない。ハーフの巨乳っぷりは団塊世代の記憶に強く焼き付いている。

俳優、入川保則と結婚し、離婚した後は引退状態にあったが、3人の子供を立派に育て上げていた。今のホーンを見ると、「女の一生」より、林芙美子の「放浪記」のイメージだ。すっかりスレンダーな体形になり、かわいらしい熟女だった。

「写真集を撮ろうか？」と還暦ヌードに誘ったが、「それは無理よ…」と笑った。

私はかつて、サッチーこと野村沙知代が60歳をはるかに超したとき写真集を制作し賛否を巻き起こしたことがある。また、「見たくもないヌードだ」と揶揄されそうだが、私はホーンに「いいじゃないか」とすり寄った。

2011年には末期がんで延命治療を見送った後に亡くなった元夫、入川の最期を看取ってもいるホーンは、「私の人生、これからよ」と力強い。

東京・銀座7丁目のライブハウス「まじかな」で今月16日夜、私が主催する「モッツ新年会」で、ホーン

を特別ゲストに招き、真剣に還暦ヌードを迫るぞ!

高須の一言

「ボインちゃんの復活――多くの元青少年が待ってるよぉ〜」

ホーン・ユキ

1950年神奈川県生まれ、東京育ち。アイドル、女優。父親が米国人の日米ハーフ。70年代にはグラマラスなバストが「ボインちゃん」として人気を得て、当時の青少年の股間をアツくさせた。79年、ドラマで共演した俳優の入川保則と結婚したが後に離婚。

夕刊フジ
2015年4月1日掲載

巨人・長野と12歳差婚
下平さやか第2の安藤優子になれ！

花の女子アナってたくさんいるけれど、永年にわたり私が大ファンだったのがテレビ朝日の下平さやかアナウンサー(42)だ。

新人の頃から時折、読んでいたニュース原稿の滑舌の良さに感心。ワイドショー「スーパーモーニング」で下平アナがMCをしていた当時、私の元妻がレポーターだったこともあり、局内でお会いしたことがある。

東京出身で、その明るさと人懐っこさから、江戸時代の「おちゃっぴー」という言葉がしっくりくる江戸娘アナだなあとしみじみ思った。

ふと、意識が飛んだのが、私の行きつけである新橋駅前・ニュー新橋ビルの老舗居酒屋「ニューニコニコ」の70歳になる女将さん。かつては新橋小町と呼ばれ、サラリーマンに長く愛されてきた隠れた名店だ。芸能人もふらりと訪れる。

背筋をピンと伸ばし、余分なチップなどもらわず、休みは日曜日だけ。カウンターの奥には料理番の長男、洗い場では大学生の孫娘が黙々と皿洗いをしている。

四十路になって日曜昼の情報番組で活躍する下平アナの毅然とした横顔に、ニューニコニコの女将さんの若い頃が重なった。

下平アナは先日、巨人の長野久義外野手(30)と婚姻届を提出したことが報じられた。2人は長野が入団する前の2009年から交際。ケガでマイナー生活を送っていた頃、下平アナがテレビに映ると、まさに般若メイクのようで、力強く奥歯をかみしめている雰囲気が漂っていた。

いま、笑顔の下平アナが戻ってきた。

30歳で落ち着きを見せる長野選手と、12歳上の姉さん女房となる下平アナの「おちゃっぴー」な明るさは、究極のカップルだと私は思う。新たな野球人夫婦として〝女子アナ結婚〟全体のお手本になって欲しい。そして、下平アナにはぜひ、第2の安藤優子の位置を確保してほしい！

高須の一言

「2019年、巨人の浮沈は
長野を支える彼女にも期待がかかるぞ」

下平さやか（しもひら・さやか）

1973年東京都生まれ。アナウンサー。早稲田大学法学部を卒業し、95年テレビ朝日入社。入社2年目で看板番組「ミュージックステーション」に起用され、タモリと共演。2015年3月、12歳年下の読売ジャイアンツ外野手、長野久義と結婚した。

夕刊フジ
2015年10月21日掲載

となりの真理ちゃんの今…

63歳の生活にタメ息

かつて〝となりの真理ちゃん〟として人気絶頂のアイドルだった天地真理が63歳になり、すっかり老けた姿が「老後破産」を特集した週刊新潮（10月1日号）で晒されているのを見て、タメ息がもれた。

同誌によれば、天地が現在暮らす高齢者向け住宅の家賃14万円は、ファンクラブが負担し、娘から振り込まれる週6000円でやりくり。アイドル時代は東京・松濤に5LDKのマンションを6000万円で買って独り暮らし。しかし、その後は波瀾万丈の末、浪費癖が抜けなかったという。

私は彼女が熟女世代に突入した頃、「天地真理ヘアヌード写真集『東京モガ』」（モッツ出版刊）をプロデュースした。そのときのことをシミジミ思い出した。

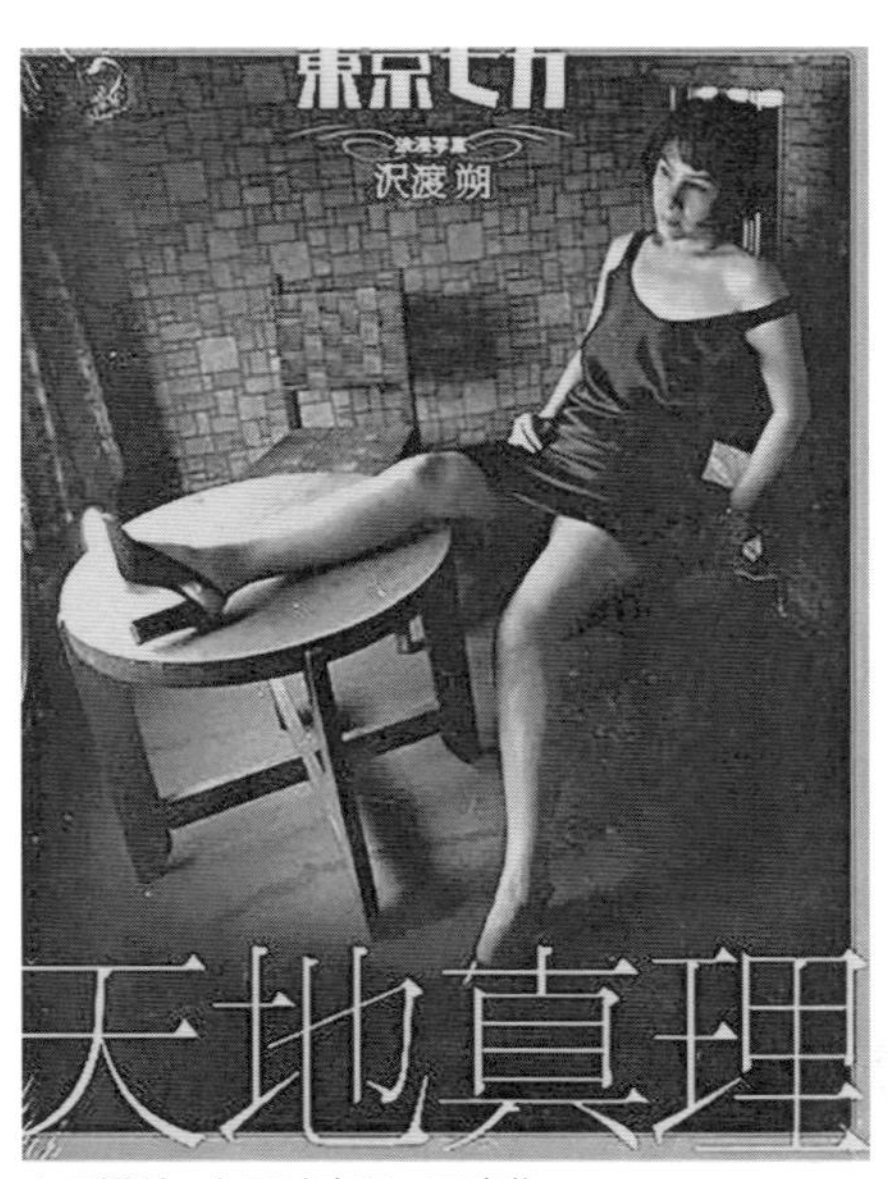

大反響だった天地真理の写真集

撮影現場に顔を出そうとすると、「私の垂れた胸を見ないで……」と恥じ入った。カメラマン、スタッフには堂々と御開帳しても、「若い頃の体を知っている高須君には見られたくないの」という乙女心だった。私は約束を守り撮影時は別室で酒をあおった。

50歳に近づいていた天地は、20キロ近い減量にトライし、ダイエットの料理本も私がプロデュース。すっかりスリムになっていたが、衰えた肉体は隠しようもない。実際、カメラマンから納品された1000枚近いポジフィルムをチェックした私は、垂れ乳・下り尻・三段腹の三重唱に「いったいどうすればいいんだ」と頭を抱えた。

しかし、3日間熟考の末、「欠点を女の勲章として、熟した肉体を見てもらおう」と発想を変えて発売。「見たくもないヌード写真集」（漫画家のやくみつる）という声もあったが、その後も熟女系写真集の金字塔として増刷を続けている。

実は熟女クイーンコンテスト（東京・新宿ロフトプラスワン）に天地をキャスティングしようと長い間コンタクトを続けてきたが、彼女の記憶から私の存在は消えていた。「高須君、私のオッパイは見ないで……」と出版した当時、電話口でささやいた声が忘れられないのだが。

コンテストでは天地の大ヒット曲「虹をわたって」を流し、副賞には、新米10キロと「東京モガ」を準備している。

高須の一言

「白雪姫……のような彼女の存在は今も重いぜ」

天地真理（あまち・まり）

1951年埼玉県生まれの東京育ち。70年代を代表するアイドル。国立音大附属高声楽科卒。71年、TBS系ドラマ「時間ですよ」でギターを弾きながら「水色の恋」を歌い大ブレーク。「ちいさな恋」「ひとりじゃないの」「虹をわたって」などのヒットを連発した。

夕刊フジ
2016年3月16日掲載

ジュリアン・ムーアVS高橋ひとみ 日米熟女怪演させたら……

欧米の映画界において〝熟女の怪演〟をさせたらジュリアン・ムーアの右に出る者はいない。現在55歳。「老けてどこがわるいの」と開き直り、「整形なんてやらないわ」とばかりシワも隠さない。

デヴィッド・クローネンバーグ監督の「マップ・トゥ・ザ・スターズ」(2014年)では、年を重ねるごとに役がもらえなくなる有名女優の役を演じた。日本未公開作ながら昨年、DVD発売されたコメディー映画「45歳からの恋の幕アケ!!」では女教師役の弾けっぷりが生々しい。

ふと、思った。日本の映画界で彼女に匹敵する女優はいるのか。

たとえば、43歳のキャメロン・ディアスの猿真似をしたがる日本人女優は、あちこちで見受けられるが、妙に明るすぎて、興ざめする部分が多い。

私が改めて注目するのは高橋ひとみの怪演だ。年齢もジュリアンに近い54歳。熟女ど真ん中だ。高橋は17歳のとき、寺山修司演出の舞台「バルトークの青ひげ公の城」で世に出てきた。「天井桟敷」の海千山千の女優男優に混じり、その東京出身の女子高生らしい風情は、そりゃあ初々しかった。

私の親友で青年座の演出家だった鈴木完一郎(2009年没)は、「高須! 高橋ひとみっていいなあ。やっぱり寺山さんは異様なまでに肩入れするんだよ」と礼賛していた。

80年代にはドラマ「ふぞろいの林檎たち」で、エリート風俗嬢を演じ、アンニュイな表情に惹かれた。99年に私は彼女のグラビア撮影をプロデュースした。ロケ場所は新宿歌舞伎町に近い花園神社。寺山修司のライバル、唐十郎の紅テントの本拠地

高橋ひとみ(たかはし・ひとみ)

1961年東京都生まれ。女優。頌栄女子学院高卒。83年、TBS系ドラマ「ふぞろいの林檎たち」で注目される。

だった。
　いま、マツコ・デラックスと矢部浩之が司会する「アウト×デラックス」（フジテレビ系）で、アウト（規格外）な存在としてレギュラー席で艶然と微笑む。一方で、ドラマ「スミカスミレ　45歳若返った女」（テレビ朝日系）でも五十路の味わいを発揮している。
　寺山の秘蔵っ子から成長を遂げた彼女はズバリ、「笑って人を斬れる」女優だ。和製ジュリアン・ムーアなのである。

高須の一言

「こんな発想で映画作るヤツぁいねぇのかっ!?」

ジュリアン・ムーア
1960年米ノースカロライナ州生まれ。女優。ボストン大で演技を学び、アカデミー賞に数度のノミネートがある演技派。

夕刊フジ
2017年3月29日掲載

児島美ゆきに最後の大物ヘアヌード仕掛けようかな

私はボケ防止も兼ね、東京・新宿歌舞伎町の「ロフトプラスワン」で通算84回、「銀座まじかな」で36回にわたりトークライブを定期・不定期に主催している。毎回、約3時間にわたりゲストを招いて言いたい放題。席亭は、「じじいの戯れ言」だから、とロレツの回らない私の狼藉を許してくれている。

最近、人気なのが女優・ホーン・ユキの読み聴かせトークライブ。それに、グループサウンズのタイガースで活躍した瞳みのる。そして、永井豪の人気漫画を映画化した「ハレンチ学園」（1970年）で十兵衛役をエッチに演じた児島美ゆきのライブだ。

私は久しく、〝毛の商人〟として時代を切り裂くヘアヌード写真集をプロデュースしてきたが、最近はインターネットの違法動画に押されて、さっぱりだ。

すっかりうなだれていたところ、六十路の十兵衛がスポットライトを浴びて歌い踊る様子を見ながら、「こりゃ、案外イケる！」と思った。

ホーン・ユキや児島美ゆきに〝昭和枯れススキ〟をイメージしながらも、「老いてますます盛ん」なエネルギーを嗅ぎ取った。

とりわけ児島美ゆきは、ドラマ「北の国から」で富良野のスナックのお姉ちゃんを演じた頃のファンキーさを失っていない。

「最後の大物ヘアヌード」を仕掛けようかな…。

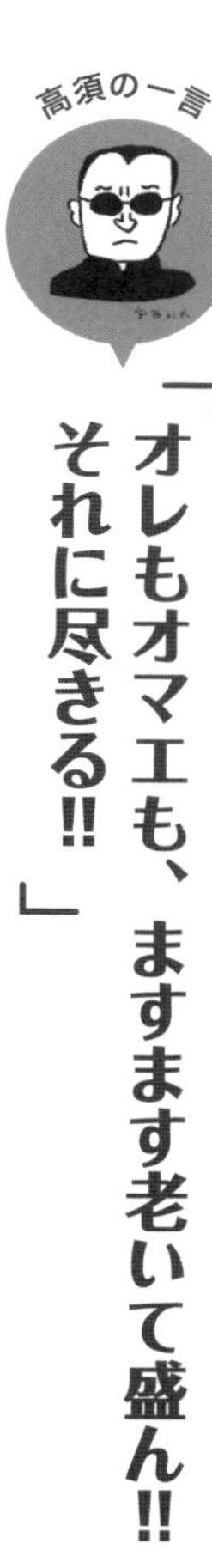

児島美ゆき（こじま・みゆき）

1952年東京都生まれ。女優、歌手。中学時代に子役デビュー。70年、人気漫画を映画化する「ハレンチ学園」のオーディションに合格。ヒロイン、柳生十兵衛役を好演。その後、セクシータレントとして脚光を浴び、人気を得た。

夕刊フジ
2017年5月24日掲載

「絶夜 LiLiCo写真集」出版 加納典明「前夜」の反省は何だった！

社祭が盛況だった先週末、東京・浅草観音温泉の前でふと立ち止まった。1957年にできたレトロな黒湯はタイル貼りで湯船は半円形。熱めとぬるめに分かれ浅草名物だったが昨年閉めてしまった。

このロケ地で私は2つのヘアヌード写真集をプロデュースした。ひとつは渋谷の道頓堀劇場で〝オナニー・クイーン〟と呼ばれた清水ひとみの「東京ストリップ」（1998年、沢渡朔撮影）。もうひとつが、当時は無名に近いハーフタレントだったLiLiCo（リリコ）の、「前夜　LILIKO」（95年、加納典明撮影）だった。

当時、加納典明は「月刊THE　TENMEI」の過激なヌード表現をめぐり裁判中で、出版界から遠ざけられていたが、私は思いきって起用した。

LiLiCoは、下積みが長く、歌手修業をしながらホームレス生活など辛苦を刻んでいた。「ゆっくりとお風呂に入りたい」という彼女の願いを聞き入れ、古色蒼然とした観音温泉をロケ地に選んだ。そこで何の躊躇（ちゅうちょ）もなく観音様ならぬヘアをご開帳。父親はスウェーデン貴族の血を引くというだけあって、威風堂々の豊満な肉体に、私は礼賛の意味で「まるで女バイキングのようだ」と感嘆したものだった。

近い将来の大ブレークを予感させ、タイトルも「前夜」とした。加納はヘアヌード論争の中、「社会にケンカを売る」と息巻いていたが、警視庁の摘発後は、「反省している。今後こういうことはしない」と一転して謝罪。ヘアヌードブームが沈静化してしまった。

Mot's News
モッツニュース 1995 JUNE VOL.4
沢渡 朔撮影
"ギリギリガールズ"
「GIRI GIRI LINGERIES」
6月25日発売予定
加納典明
復帰第1作目をプロデュース!!
風雅書房より絶賛発売中
前夜
典明動く!
●加納典明写真集「前夜」より

写真集「前夜」を告知した当時の「モッツニュース」

2001年に「王様のブランチ」で映画コメンテーターとして売り出し、人気者になったLiLiCoの活躍はご存じの通り。私は周囲の出版関係者からヘアヌード時代の〝暴露〟を迫られても、じっと封印してきた。

ところが、今月になって突然、加納典明撮影による「絶夜　LiLiCo写真集」を出版した。なぜ今？　過去はもういいが、私はこれまでも、今も断固として「反省」なんかしていない!!

高須の一言

「五十路が近づく彼女、威風堂々のバイキングヌード……そそられるんだけどなぁ～」

LiLiCo（リリこ）

1970年スウェーデン生まれ。タレント、映画コメンテーター。スウェーデン人の父と母が離婚後、18歳で単身来日。スナックや健康ランドなどを回って修業し、92年に歌手デビュー。2001年、TBS系情報番組「王様のブランチ」の映画コメンテーターで人気に。

夕刊フジ
2017年11月1日掲載

困った2人の熟女

さかもと未明

盟友である人気マンガ家、さかもと未明と先日、都内で久しぶりに会った。東急田園都市線沿線のあるキリスト教会で世界的テノール歌手、榛葉昌寛さんから歌唱指導を受けていた。

近況を聞くと、「私、膠原病なのよ」と語る。聞けば、2013年頃から病状が悪化して、一時は水の入ったコップすら持ち上げられない状態だったという。「体が動かなくなってもできる表現を」と、本格的な歌手活動のために師事している。夢はイタリア語でオペラを歌うことだ。

「私も五十路の女になったのよ」と話しかけるさかもとは、元気を装っていた。榛葉さんを交えて3人で会食した。

さかもとと心療内科医との共著『まさか発達障害だったなんて』（PHP新書）や、近著『奥様は発達

苦境に立ち向かうさかもと未明（左）と筆者

障害』(講談社)で書いている通り、彼女は今も「困った人と呼ばれる人生を歩み続けている」という。私に、「高須君もその傾向があるんじゃないの?」と言い放ったので、さっそく当夜2冊を熟読。激しすぎく、「ケンカ上等!」の人生を送ってきた私。確かにその通りかもしれない……と思いあたった。

私の身近には、もうひとり困った熟女がいる。34歳ながら破天荒な半生を送ってきたAV女優、里美ゆりあ。『SEX&MONEY　私はそれを我慢できない』(モッツコーポレーション)では、12歳での初体験や、自身を通りすぎた芸能人、スポーツ選手など激しすぎる日々を告白。そのゆりあが、「ぜひ、さかもと未明さんに会ってみたい」という。

そこで、16日、東京・銀座のライブハウス「まじかな」で開く、出版パーティーで、《里美ゆりあ×さかもと未明》のセッショントークを開くことになった。どんな過激発言が飛び出すか見ものである。

高須の一言

「ドキリとさせる一言を放つのが彼女の魅力でもあるんだ」

さかもと未明(さかもと・みめい)

1965年神奈川県生まれ。漫画家、作家。県立厚木高校、玉川大文学部英文学科卒。89年に官能漫画家でデビュー。以後、小説やルポなど作品領域を広げ、評論活動やテレビコメンテーターとしても活躍。2007年に膠原病と診断され、発達障害の過去を明かした。

夕刊フジ
2017年10月4日掲載

彼女こそ真のリベラル熟女

吉永小百合（1）

日本一のエロスイベント「熟女クイーンコンテスト」（東京・新宿ロフトプラスワン）は22回目を迎える。この十数年間、登場した女性はのべ241人。

主催者として貫いてきた定義は「熟女とは年齢ではなく未熟と闘う女性である」こと。そして、勝者たちに共通するのは、「私に吹く風は、すべて追い風」というポジティブな考えだ。

この熟女的開き直りの究極が小池百合子東京都知事であろう。常に「前に、前に」で勝ち抜いてきた。そして、ついに解散総選挙では、既成の野党連合を分断する勢いで新党をぶち上げた。

ところが、だ。前原誠司代表になったばかりの民進党と〝結婚〟するかと思いきや、保守の旗をデーンと立てた。私のような団塊世代は一気に醒めてしまった。

他の世代が言わないからあえて言う！

リベラル派きっての熟女シンボルは、百合は百合でも小池ではなく、女優の吉永小百合である。

主演作「キューポラのある街」（1962年）に続く、一連の山田洋次監督作品ではリベラル派のシンボルとして〝反戦〟を訴え続けてきた。

小池氏が「脱原発」を言い出す前から吉永は、反核兵器・脱原発を唱えてきたのだ。最近では日本酒のCMで共演した渡哲也から「最後の一本は吉永さんと、大ラブシーンを」と熱望され、艶然と受け流した。

選挙には直接出ないだろうが、吉永小百合をリベラル派の〝みこし〟に担げば団塊オヤジは諸手を挙げて賛同する。そのパワーあなどるなかれ、だ。

吉永小百合（よしなが・さゆり）

1945年東京都生まれ。女優、歌手。早稲田大第二文学部卒。60年代に青春映画を中心に活躍。今も日本を代表する女優の一人。歌手としても数多くのヒットがあり、多数受賞歴あり。夫は元共同テレビ社長の、岡田太郎。

夕刊フジ
2017年11月8日掲載

72歳の〝純情〟と〝反権力〟

吉永小百合(2)

東京がトランプ米大統領の来日に沸いていた5日、「原爆詩」の朗読をライフワークにする女優の吉永小百合が、江東区夢の島の第五福竜丸展示館を訪れた。

1954年3月1日、太平洋のビキニ環礁付近で米の水爆実験に遭遇した第五福竜丸では乗組員23人が被曝し、半年後に久保山愛吉さんが亡くなっている。

建造70年記念特別展のオープニングに元乗組員の大石又七さん(83)らと出席した小百合は当時、小学生。「70年も保存されるなんて奇跡。100年、もってもらいたい。子供たちも見て、感じて次の世代に引き継いでほしい」と静かに語った。

そして、来日中のトランプ大統領が、「リメンバー・パールハーバー」とツイートしたことにも触れ、「広島、長崎、第五福竜丸、福島を忘れないで、と言いたい」と、数少ない参加者を前に、切々と呼びかけた。

戦争の悲惨さを語り継いできた彼女は、この記念館でも詩の読み聴かせを行い、私は人に紛れて幾度か聴いてきた。

思わず私は「独りぼっちで抗っているな…」と、会場でつぶやいた。

女性学の権威、上野千鶴子は「結婚していても、していなくても、長生きすれば最後はみんな独りになる」と説いた。

吉永小百合、72歳。ひと昔前なら〝老女〟と言われても仕方が無い年齢になったが、どう見ても、40~50代にしか見えない可憐さであった。

2018年3月には、出演120本目となる映画「北の桜守（さくらもり）」が公開されるという。

「元気な限り、しゃべることができる限り、原爆詩の朗読を続けていきたい」と語った小百合が持って生まれた〝純情〟と〝反権力〟、そして孤独を恐れない姿勢が、私は大好きだ。

「純情、反権力、孤独を恐れない――もちろんオレだってそういうことさ」

夕刊フジ
2018年1月10日掲載

「戦争は嫌だ」真正面から叫ぶ 吉永とエマの演技に感服

吉永小百合(3)

吉永小百合が主演し、〝北の三部作〟の掉尾を飾る映画「北の桜守(さくらもり)」が3月に公開される。過日、都内で完成披露試写を見て、改めて平和と親子の絆の大切さを思った。

第二次大戦末期。ソ連侵攻で樺太を追われた母と息子が、北海道で過酷な環境の中、貧しさと戦いながら生き抜く物語。「おくりびと」の滝田洋二郎監督がメガホンを取り、吉永と堺雅人が親子役を演じる。

滝田監督とともに、舞台あいさつに立った吉永は「台本を読んだとき、とても難しい役だと思った」と言いながらも120本目の出演作に堂々の自信を見せていた。

戦争に抗う力強い吉永の母役が、私にはもうひとつの映画と重なった。新作DVDが出たばかりの映画「ヒトラーへの285枚の葉書」(英独仏合作)に主演した英オスカー女優、エマ・トンプソンだ。

こちらは、1940年、ナチス政権下のベルリンが舞台。一人息子の戦死の報に、母親は「ヒトラー総統が息子を死に至らしめた」とナチス政権を批判するハガキを書き始める。それをベルリンの街のあちこちに、そっと置いて立ち去る―という抵抗運動を始めた。

SNS全盛の現代では、考えられない〝拡散〟の手法だが、その静かで断固たる反戦の姿勢には妙にシンパシーを覚えた。72歳の吉永小百合には、この58歳のエマ・トンプソンに負けない凛とした美しさがある。

昨年末のNHK紅白歌合戦では、アイドルグループの欅坂46が、自分の正義を信じ抜き、体制に染まることを「僕は嫌だ」と叫ぶ異色ソング「不協和音」を歌った。感極まってメンバーが本番中に過呼吸で倒れたことで、かえって注目を浴びている。

私にとってのアイドルは、吉永小百合とエマ・トンプソンだ。「戦争は嫌だ」と真正面から叫ぶ彼女たちが、「僕は好きだ」。

高須の一言

「おい、オマエら！ もっと叫び声を上げてみろ‼」

エマ・トンプソン

1959年英ロンドン生まれ。女優、脚本家。米アカデミー賞には数度のノミネート経験があり、93年「ハワーズ・エンド」で主演女優賞、95年「いつか晴れた日に」脚色賞に輝いた。ケンブリッジ大卒。元夫は、俳優、ケネス・ブラナー。

立ち上がれ！
懲りない男よ
懲りない女よ

夕刊フジ
2010年8月26日掲載

たびたび重ねたトラブルの裏に消えぬトラウマ

清水健太郎(1)

芸能リポーター、梨元勝さんの訃報を知ったのは、今月23日早朝のテレビ。私は前日深夜、目の調子が悪くて救急車で都内の病院に運ばれ、入院中だった。

「高須ってやつの生き方は破滅的だよな」と、梨元さんは常々周囲に語り、私に対しての評価は決してよくなく、ヘアヌード写真商売については批判的だった。

約10年前の「サッチー・ミッチー大論争」の中、ミッチーこと浅香光代さん側に立ったのが梨元さんで、私はサッチーこと野村沙知代さん側に加勢した。その大騒動は約200日間にもわたり、百家争鳴状態で、テレビのワイドショーは姦しくもあり、そりゃあすさまじかった。

梨元さんは、元歌手でタレントのシミケンこと清水健太郎の度重なる薬物事件について、「Vシネマ業界はあやしい」と発言し、Vシネマに生きる人々と、ひと悶着あった。

芸能人の薬物事件について、梨元さんは「絶対ダメだ!! ダメなものはダメ」と、厳しいリポートを続けた。

安直な〝復帰会見〟については、厳しい発言をしながらも、個々の芸能人の才能を冷静に分析し、「もう大丈夫だ!!」と信じた才気あふれる者に対しては、ひそかに再生に力を貸してもいた。その筆頭が、ショーケンこと俳優、萩原健一だろう。

薬物事件に厳しかった梨元さんに、シミケンは更生する姿を見せることはできなかった

が、シミケンの醸し出すブラックな〝陰〟には慎重に対応し、その前途には〝要注意マーク〟をし続けていた。

梨元さんが「あやしい」と指摘したとおり、シミケンは今月19日、5回目の薬物容疑で逮捕された。

私の経営する浅草の出版社から、シミケンが住むマンションの11階は丸見えだ。

浅草の街は古くから、芸人に対しては温かい。「まあ、いいか?!」とばかりに、少々の羽目を外した生き方には目をつぶることはよくある。

事実、地元ではシミケンの奇行は日常茶飯事で、住民たちは「またか」と感じたり、思っていたりしても、「しょうがない」の一言で片づけ、口をつぐんでいた。

私だって、数年前にシミケンが出所したころから、よく目にはしたが、口をぬぐってダンマリ。

しかし、浅草の街で、ひき逃げ事件を起こしたときには、さすがに地元のひいき筋も、「もういいか」と一斉に手を引いた。出所後も、面従腹背の態度をとり続けた。

歌を歌えば、レコード大賞新人賞。映画に出れば新人賞。ドラマに出れば高視聴率。Vシネマに転出すれば「帝王」!!

シミケンは芸人としては天才的だ。どの芸能ステージでもトップをとってきたのだから。

そんな彼が、「成功した」と自覚すると、違法薬物に自ら手を染めて、自ら築いた栄光の座を壊す理由は、「自分だけ幸せになっていいのか?」という、デビュー前に起こした大事故の相手に対する「贖罪」の行為と、私の目には映る。

シミケンのひるんだような悲しいまなざしは、今回の逮捕時の護送車の中で、ホッとしたように妙に力が抜けているように見え、安堵感すら漂っていた。

彼のトラウマは消えることはないと思う。

高須の一言

「破天荒な行動の裏を知ってるけど、それを乗り越えなきゃな」

清水健太郎（しみず・けんたろう）

1952年福岡県生まれ。歌手、俳優。愛称はシミケン。足利工業大時代、TBSの「ぎんざNOW!　素人コメディアン道場」に出演。76年、デビュー曲「失恋レストラン」が大ヒット。俳優としても人気に。交通事故や薬物事件を重ね、しばしば逮捕、服役してきた。

夕刊フジ
2014年10月15日掲載

あの男の〝リスタート〟に思う

清水健太郎(2)

捲土重来か、と思わず独り言がもれた。歌手、清水健太郎(62)が個人事務所の社長を務める園田瑞穂さん(44)と今月10日に再々婚、21日には11年ぶりとなる新曲「リスタート」を出すと会見で明かした。さらには、「来年、〝ハーブ〟を吸う若者の映画を撮ります」と宣言し、監督・脚本を手掛ける映画「3+4=7」の制作も発表した。

過去、覚せい剤取締法違反などの薬物事件で計6回の逮捕経験がある。会見では「『薬物から抜けて!』が、彼女が出した結婚の条件」と語り、新妻に感謝の言葉を口にしたという。

シミケンの自宅は、かつて私のモッツ出版があった浅草・田原町のビルの向かい側だった。コンビニや炉端焼き、蕎麦屋でも出くわし、対談を企画し、話し合いもした。

だが、2008年10月、彼が台東区の交差点でひき逃げ事件を起こした一件と前後して、しだいに疎遠になっていた。

シミケンと私の共通の知人である浅草の老舗人形店専務も同じで、今回の再出発について、「何か報告がありましたか?」と問うと、「もう、いいよ」と完全に突き放していた。

私は浅草から新橋に会社を移した後にも居酒屋やスナックで偶然会った。あるときは、私が全国紙の警察担当記者と一緒だったこともあってか、彼は寡黙であった。いつの間にやら私の頭の中から存在は消えていた。そこに突然、復帰の知らせだ。

私は会見に参加しようとしたが、周囲から「ダメ!」と止められた。

田代まさしが08年7月に出所会見を開いた際、

私が「本当に立ち直れるのか！」と心配のあまり強い口調で責めたことを〝乱入〟と書かれ、その様子がユーチューブで130万回を超える視聴回数となっているからか。

シミケンは、覚せい剤取締法違反などの罪で有罪判決が確定した歌手、ASKA元被告について、「昔、一度彼に会ったことがあるのも妙な縁。大事なものが見つかれば薬物を繰り返すことはないし、それはファンや家族。早くいい曲を出して復帰してほしい」とエールを送ったそうだ。

余分なことは言わない方がいいと私は思う。映画の中身も気がかりだ。

新妻の力を信じたい。

「最近は、他人の事件でコメントもしているようで、落ち着いているようだが、周りのサポートへの感謝を忘れずにな！」

夕刊フジ
2011年2月15日掲載

パパの苦悩と〝フィリピン永住権〟

小向美奈子（1）

ストリッパーで女優の小向美奈子が、涙の謝罪会見からたったの2年しかたっていないのに、また覚せい剤取締法違反の容疑で逮捕状を取られた。

1月中旬に会った時には、ふっくらとして明るかったのに…。思わず「女優ってのは、本当にわからない」と、サラリと口をぬぐって生きる〝女優の闇〟の深さに天を仰いだ。

小向パパは「家族と会社に報道陣が殺到すると困るから」と、今月9日の夕暮れ時、私の会社でマスコミ各社約60人の質問に淡々と25分間だけ答えた。娘がフィリピンにいることも、再び違法薬物に手を出している事実もすべて〝不知〟だ。

娘の不祥事に対し、親が会見をすることは必要なことなのか？　と考えたが、小向パパの日常生活と美奈子の妹と弟の今後を思い、思い切って会見をセットした。54歳の父親の背中を見送りながら、「後味が悪いな…」と独り言が漏れた。

小向美奈子に逮捕状が出たと報じられた前日の7日夜、東京・上野のフィリピンパブで横浜銀蝿のボーカル翔と友人の誕生パーティーに同席した。3年前、この店のホステスに女優ルビー・モレノがいた。映画「月はどっちに出ている」で、「もうかりまっか？」の名セリフで日本アカデミー賞優秀主演女優賞に輝いたルビーは、店で賃金支払いをめぐるトラブルを起こし、店を退いた。今は下町亀有でエリートの夫の元でパチンコ三昧の気楽な生活を満喫している…。

フィリピン出身のルビー・モレノの天真爛漫な雰囲気を想い、南国マニラ市の街中を8チセンのピンヒール姿で闊歩する〝逮捕状が出ているはずの小向美奈子〟のアッケラカンさをテレビ画面で見ながら、再び「女の生き抜く力に男はかなわない……」とシミジミ。そして「〝努力〟の〝努〟という文字を分解すると、〝女の又には力がある〟」と、あらためて妄想した。

美奈子の父は帰りしな、「仕方がない」の一言を残し、トボトボと帰った。「済んでしまったことは仕方がない。先はわからない。今を生きろ……」と長女に言いたかったのだろうか？

「頭を下げて借金をするくらいなら自分の〝裸〟で稼いだ方がはるかにいいよ…」と、女の身の処し方の一つを美奈子に語り、ストリッパー稼業に力を貸したのは、浅草ロック座の斎藤智恵子会長だ。

事実、浅草を起点に全国のストリップ劇場に出演した美奈子の〝手元不如意〟状況は、たったの6カ月で好転した。

美奈子の足元は今回、再びグラグラとゆれ、まさに〝足元不如意〟だ。15歳で親元を離れ、自立してすでに十余年。25歳の女盛りの入り口に立つ美奈子は、まさにボヘミアンのようだ。

長い黒髪をたくしあげたエトランゼ、マニラ市を歩くあでやかさからは古来の日本女性のしとやかな風情は、すっかり消え失せ、南国のオプチュニストの香りをふりまいている。きっと〝ボディー・ロンダリング〟はすでに完了し、肉体も口も完璧にぬぐい、何事もなかったようにいつか帰国するだろうが、フィリピンの「永住権」はしっかりとゲットしてあるはずだ。

「まだまだ、いや、女盛りはこれからのオンナなんだぞ！」

小向美奈子（こむかい・みなこ）

1985年埼玉県生まれ。AV女優、元グラビアアイドル。15歳でデビュー。2009年1月に覚醒剤所持で逮捕、執行猶予付き判決を受ける。その後ストリッパー、AV…とその巨乳を生かしていたが、15年2月にも覚醒剤で逮捕、その後実刑判決を受けて服役した。

夕刊フジ
2015年2月18日掲載

3度目逮捕　薬物脱却の治療を受けろ

小向美奈子(2)

3度目の逮捕となったAV女優の小向美奈子(29)と私は少なからずかかわりがある。覚せい剤取締法違反(所持)容疑とは、薬をやめるか、人間をやめるか―の重い罪だ。まさに廃業に至る薬物の恐ろしさを私は繰り返し言ってきたのに……。

アイドルだった小向は2009年1月、同法違反容疑で最初に逮捕され4カ月後、執行猶予付きの有罪判決を受けた。やがて、「ストリッパーへ転身」と話題になり、私は小向の父親の記者会見を仕切った。小向の父親は、私が玩具メーカーで勤務していた時代に、主力流通問屋として付き合いがあり、40年来の知己だったのだ。

このとき、父親は「保釈されて埼玉の家にいったん戻ったが、1週間ぐらいで家を出たんだ」と私に語り、会見では、「娘の人生は彼女自身のもの。今後は自分で切りひらいたらいい」と突き放した。

一時、身元を引き受けていた浅草ロック座の女傑、斎藤智恵子会長は「高須、あの子はいい娘だよ」と踊り子人生を後押しした。

だが、マスコミは小向のハダカばかりを興味本位で取り上げ、「薬物の専門医にかかっているのか?」という疑問を投げかけるメディアは、ほとんど無かった。

やがて11年2月、フィリピンから帰国した際に再び逮捕されたが、証拠不十分で処分保留となり釈放。同年5月には、主演SM映画「花と蛇3」の原作者である団鬼六氏が亡くなった。このとき、小向は裏口から告別式に参列したものの、裏口から途中で帰ってしまった……。

その特別扱いに、団氏の令夫人、黒岩安紀子さんと私は「なぜ?」と疑問を投げかけた。高飛車にも思える堂々とした振る舞いに、参列した団氏の秘蔵っ子、愛染恭子は「大丈夫かしら?」と心配したほどだった。

ＡＶに進出してからは、スライム乳とぽっちゃり体形に拍車がかかり、欧米型肉体改造をした「女偉丈夫」となった。エロス人生をひた走った先が、また薬物だったとは残念でならない。

出所後は、いっそ海外で徹底した薬物脱却の治療を受けた方がいいのではないか。

高須の一言

「エロスを突っ走るのは認めるけど、よそ道にはもう行くなよ!!」

夕刊フジ
2012年6月12日掲載

出所しても「すぐ手を出す」その地獄とは

酒井法子(1)

のりピーこと酒井法子の元夫、高相祐一容疑者が、麻薬取締法違反(所持)で再び警視庁に逮捕された。今回は合成麻薬のAMTを11・7ミリリットル所持した容疑だ。当人は「郵送依頼をしたのは事実だが合法だと思った。発注後、規制薬物だとわかったのでキャンセルしたはずだ」と容疑を否認したが、44歳の立派な大人としてはお粗末でハチャメチャな言い訳だ。

父親が郵便物を不審に思い届け出た。大の男が親に心配をかけている場合ではない。たとえ、離婚したとしても、のりピーの再デビューはまた厳しくなった。執行猶予中にもかかわらず再び麻薬に手を出した元夫には、今度こそ実刑が下される可能性が高い。

この間、実は俳優の清水健太郎が5月24日に仮出所していた。シミケンがシャバに出て、のりピーの元夫が再び……。田代まさしは、いまだ獄の中だ。

一度でも手を出したら、やめられないのが違法薬物だ。この恐ろしさを知らしめる当局の〝負のキャンペーン〟の中心にシミケンと田代の2人は存在した。そして、シミケンの代わりに〝負のニュー・キャンペーンボーイ〟に高相が加わることになった。

長男の薬物依存に長い間苦しんだ歌手、千葉マリアは、著書『〝薬物依存症からの再生、そして愛〟馬鹿でもいいサー』(モッツ出版)の中で、こう語る。

「長男は病院に入っていても留置場にいても〝出所したら、わからないように上手にまたやりたい〟ということばかり考えていたんです。本当に薬をやめるのは至難の道です」

薬物の恐ろしさを今も世間に訴え続けている。

横浜銀蝿のボーカル、翔は「何回も繰り返し罪を犯してきたが、今は家族と兄の嵐に見守られて生活し、やめる努力を毎日している」と常々、私に語る。女優、三田佳子の次男、高橋祐也も同じようなことを私に繰り返し語った。

誰も本音を言わないので、あえて書く。

違法薬物で逮捕され獄に入っている大部分のジャンキーは、「出たらすぐやりたい。それもわからないように」と日夜考えている。上手に隠れて違法薬物を使用する方法―を仲間から伝授されている。だから大部分は、出たらすぐまた手を出す。ほんの一時期、我慢をしているだけなのだ。再犯率は極めて高く、出てきたら病院に直行することこそ肝要なのだ。

私は標語の類は大嫌いだが、唯一認めているのが、「覚醒剤やめますか？　それとも　人間やめますか？」だ。まさに薬にはまると、人間ではなく獣になる。すぐ近くに誘惑がある。手を出したら蟻地獄だ。一度でもやった人は懲りずに巧妙に薬を使い続けている。だから手を出しては絶対だめだ。

高須の一言

「のりピーの元夫みたいなのが大勢いるから弱ったもんだ」

酒井法子（さかい・のりこ）

1971年福岡県生まれ。女優、歌手。愛称・のりピー。中学時に上京、人気アイドルに。90年代、中国など中華圏に進出の一方、93年のドラマ「ひとつ屋根の下」で女優としての評価を得た。結婚・出産を経たが、2009年当時の夫と共に覚醒剤事件で逮捕された。

夕刊フジ
2012年11月27日掲載

のりピーは「非常に危うい」今後の活動はどうなるのか

酒井法子（2）

私事だが今月25日の夜半、浅草・田原町の路上でトラブルに巻き込まれて男に襲われた。決して私からは手を出さなかったが、過剰防衛にならないよう、一緒にいた編集者が私を羽交い締めにしてくれた。すぐ浅草署に被害届を出したが、私は負けない。目が見えにくいため、今回は担当の中本デスクが口述筆記だ。

さて、のりピーこと酒井法子（41）が芸能界に戻ってきた。覚せい剤取締法違反で有罪判決を受け、3年の執行猶予が解けた翌日には笑顔で復帰会見をした。足首のタトゥー、すなわち刺青を「あるべきものではない」と消して壇上に立ったが、私に言わせれば「完全に治ってないいな……むしろ開き直っている」という印象を受けた。

覚醒剤事件の再犯率は4割以上。芸能人では、歌手の田代まさしや清水健太郎が、復帰会見と再犯を繰り返している。それほど薬物の依存性は高く、恐ろしいのだ。

のりピーは言った。

「私自身、自分の中からそういったものを断つことに関して、苦しんだということはありません。本当にキッパリと断ち切ることができました」

酷なようだが、起承転結がしっかりとした、のりピーの美辞麗句は田代や健太郎の復帰会見のときと同一だ。当事者意識がうかがえない。田代も健太郎も「チャンスがあれば芸能界でやらせてください」と頭を下げた。

のりピーは刺青を消した。田代は、「ハゲちゃったんですよ」と薄くなった頭に被った帽子を取ってアピールした。健太郎は、「キレイに見えるけど、これ総入れ歯なんですよ」と、さも歯が薬でボロボロになったような物言いだった。

消した刺青、ハゲ、総入れ歯……自分の肉体的なハンディをさらすことで、浄化されたと見せかけるステレオタイプの考え方だ。

私は薬物依存から逃れようと苦しんでは再び手を出す芸能人の姿をずいぶん見てきた。社会復帰してからも、「高須さん、本当は今すぐヤクをやりたくてしょうがないんだよ」と何度も本音を漏らしている。

のりピーも、「カウンセリングを受けた」と会見で話していたが、残念ながら日本は薬物依存の治療に関しては〝後進国〟だ。最近になって、米国型の薬物・アルコール・ギャンブル依存症治療施設として社団法人ＧＡＲＤＥＮが奈良県大和高田市に設立された。のりピーも、こうした施設で治療を受けるべきだ。

誰も言わないから、あえて言う。のりピーは「非常に危うい」。なぜなら、裁判では自らを省みて「一から介護を勉強したい」と話し、裁判官の温情で執行猶予が付いたのに、介護の勉強がいつの間にか芸能界へとすり替わっている！

本当に立ち直ってもらいたいから、あえて苦言を呈す。

「あの後の彼女、がんばってるのは認める。でも戦いは死ぬまでだっていうのを忘れずにな！」

夕刊フジ
2013年2月18日掲載

岡崎聡子　6度目薬物逮捕の「底なし沼」

覚醒剤事件で5度も有罪判決を受けている元五輪体操選手の岡崎聡子(52)が、また覚せい剤取締法違反の疑いで逮捕された!

逮捕・反省・入獄・出所・反省・再逮捕―の堂々巡り。そんな連中を数限りなくみてきた。

誰も本質を語らないのであえて書く。

一度でも手を出した人間は、必ずもう一度手を出す。たとえ、「二度とやりません」とテレビの前で頭を垂れても、またやる。実際に服役した何人もの人から聞いた話だが、刑務所の中では、「次はどうしたらバレないで使ったり、買ったりできるのか」という悪知恵を同居する人々と話し合いながら、自らシミュレーションする。

夜ごと「今度こそ上手にやろう」と思い巡らすのが厳しい獄中生活での支えだ。出所後は外面では反省するが、本音はやりたくてしようがない。「もうやっていない」と世間を欺くのだ。

もう一度ズバリ言う。

「止めた」のではなく「我慢」を長い間続けているだけだ。だから薬物治療の根本は、この「我慢」を死ぬまで持続させることにある。

私は元歌手の田代まさし(56)が出所した際、テレビカメラの前で淡々と反省の弁を述べる彼に向かって「医者に行け!」と大声で言い放ち、依存症治療の重要性を訴えた。それでも、やめられず4度目の逮捕の後、服役中だ。

死ぬまで我慢できる人間は少ない。だからこそ絶対に手を出してはいけない。

1976年、岡崎が15歳でモントリオール五輪に出場したときは、和製コマネチと呼ばれ、そりゃあ可憐だった。栄光の五輪出場のコーフンと歓喜が、薬物のコーフンと歓喜で穢された。

岡崎は15日の午前3時頃、東京・新宿区の歌舞伎町に近い百人町の路上を歩いていたところを、パトロール中の警察官に職務質問され、任意の尿検査で覚醒剤の陽性反応が出たため逮捕された。

いま、アナタの周りの繁華街をジッと見てほしい。堂々とクスリを売っている外国人が目に入らないだろうか。彼らは命懸けで売りつける。興味本位で近づくことは、まさに亡国なのだ。

高須の一言

「アイドル的に人気があっただけに、その後の転落はひどく哀しいな……」

岡崎聡子（おかざき・さとこ）

1961年東京都生まれ。元体操選手、元タレント。国学院高在学中の76年、全日本体操選手権などを制し、同年のモントリオール五輪に出場し、「和製コマネチ」の愛称も。その後タレントに転向、ヌードを披露するなどしたが、薬物使用で何度も逮捕され、服役。

夕刊フジ
2013年12月4日掲載

不安が的中……若山騎一郎・仁美凌の逮捕

小刻みに体ゆすっていた

若山騎一郎と仁美凌の二世俳優夫婦が先月、覚せい剤取締法違反で千葉県松戸署に逮捕された。2人は、いったん離婚して10月15日に同じ相手と再入籍したばかりだというのに、いったいなぜだ！

私は3年ほど前に、騎一郎と会った日のことを思い出した。熱海にあるエロスの香り漂う温泉宿「ほのか」のK会長宅であった。

「若山富三郎の長男です」と私にペコリと頭を下げるその風貌は、父親を少し細めにしたイメージで、なつかしい顔だと思った。

藤純子(現・富司純子)主演の映画「緋牡丹博徒」の中で富三郎が演じる三枚目の役どころがとても好きだった。

「ほのか」では、父・富三郎の俳優人生を騎一郎が舞台化する話で盛り上がった。やがて、新宿三丁目の芝居小屋で、角川春樹の元妻、角川清子のプロデュースにより、「銀幕愚連隊～若山富三郎物語」として舞台化された。

演じる騎一郎は、少しセリフ回しの滑舌が悪かったが、まさに熱演だった。そして、「静岡でも公演したい」と言うので、私は当時レギュラー番組を持っていた静岡SBS放送に紹介。SBS本社の会議室で関係者と騎一郎の到着を待った。しかし、来なかった……。音信不通になり、以来、私との仲は断絶した。

ところが、今年10月15日に騎一郎と業務提携していた芸能プロのU社長から突然、「騎一郎が仁美と再入籍します」と連絡が入った。「まぁ、めでたいことだから」と久しぶりに騎一郎のケータイに掛けた。

「今日、入籍しても大丈夫ですかね？」

電話口の騎一郎は、いま思えば妙にうわずっていて、支離滅裂だった。

「何か心配事でもあるのか？」と私が問うても、

「大丈夫かなぁ」とオウム返し。

私はその日、スポーツ紙の記者を伴い、聞いていた区役所に出向いた。多くの芸能マスコミが集まっていた。

ご両人は、約束の時間に大きく遅れて、バブリーなベンツで現れた。2人とも笑顔だったが気もそぞろで、視線は集中力に欠けていた。私と目を合わせないのだ。

ノドが渇くのか、コーラのペットボトルを手放さず、小刻みに体をゆする騎一郎。仁美も妙にハイテンションだ。

「この様子は、田代まさしと同じだなぁ……」。口には出さなかったが、それが正直な気持ち。1カ月余り後の逮捕で不安が的中したのだった。

高須の一言

「芸能界のサラブレッドも自分の手で道を拓かないといけないっていうことだ」

若山騎一郎（わかやま・きいちろう）

1964年東京都生まれ。俳優。父は若山富三郎、母は女優の藤原礼子、叔父は勝新太郎と芸能一家で育つ。20歳で若山の内弟子となり、芸能界入り。2013年、覚醒剤事件で当時の妻と共に逮捕、起訴された。

夕刊フジ
2014年5月21日掲載

ASKAも陥った悪魔の誘惑　ASKA(1)

人気デュオ「CHAGE and ASKA」のASKA容疑者(56)が覚せい剤取締法違反(所持)の疑いで逮捕された事件。芸能界の薬物問題に詳しい私がその誘惑について明かしておこう。

初犯の段階では珍しい毛髪鑑定に踏み切ったのは、ASKA容疑者がかたくなに容疑を否認しているからだろう。

私の記憶では、芸能界の薬物事犯で初めて毛髪鑑定されたのは横浜銀蝿の翔のケースだ。

「毛髪を根元・中間・先端に三分割して、覚醒剤の成分が検出されるかどうかを鑑定するんだよ」

私にそう語った翔は、ズバリ毛髪が証拠として採用された。二度目の逮捕(1999年)の時だ。罪状を否認するということは国家権力にケンカをふっかけることになり、警察側も強く出る。ASKAの場合、大ブレークを味わい、人気のピークを過ぎた頃、心の隙間ができたのだろう。私の周りには、なぜか薬物で失敗した芸能関係者が多い。

「人気の絶頂感と、アンフェタミン(覚醒剤)の作用は似ている。山が高ければ高いほど、人気が落ち込んだときの谷は深く、つい手を伸ばしてしまうんだ」

そう私に告白する者もいた。

いま、薬物汚染は芸能界ばかりでなく、管理職を経た団塊の世代にも急速に広がっている。

私に言わせれば、エリート企業の幹部として定年を終え、名刺という伝家の宝刀を退職と同時に失ったときの寂寥感にも、誘惑の悪魔が忍び寄るのだと思う。

私の近くにも蔓延(はびこ)るヤクの売人は、コワモテではない。むしろ、人の良さそうな表情、気さくなそぶりで近づいてくる。だからこそ安易な誘いに乗ってはならないのだ。かつて公共ＣＭで頻繁に流れた覚醒剤追放キャンペーンの「人間やめますか？」は金言であった。

ただ、ひとつ解せないことがある。所属レコード会社が、「ＣＨＡＧＥ and ＡＳＫＡ」のＣＤ、映像商品の出荷停止や回収を決めたことである。だったら、ビートルズやローリング・ストーンズ、ジャニス・ジョプリンも聴けなくなるというのか！　こういう日本的処分にも、私は断固反対をしたい。

高須の一言

「つい手を出してしまう……その心の弱さは誰でも抱えてるんだぞ」

ＡＳＫＡ（あすか）

1958年福岡県生まれ。歌手。79年、音楽ユニット・CHAGE　and　ASKAとしてデビュー。ソロでは91年、「はじまりはいつも雨」が大ヒットした。2009年からユニットは活動休止中。17年1月、自身のレーベル「DADA レーベル」を立ち上げた

夕刊フジ
2014年9月10日掲載

判決の行方にドキドキする「次は……誰？」ASKA（2）

覚醒剤と合成麻薬ＭＤＭＡを使用したなどとして、覚せい剤取締法違反（所持、使用）罪などに問われた歌手のＡＳＫＡ被告（56）の判決が今月12日、東京地裁で言い渡される。私は、ＡＳＫＡ被告の周辺をジッと注目している。

〝愛人〟の栩内（とちない）香澄美被告（37）は9日の第2回公判でも、一貫して無罪を主張し続けた。

対照的に、ＡＳＫＡ被告は8月28日の初公判で、1994年に英国で初めてＭＤＭＡを使用し、2010年夏から覚醒剤を使用していたと、あっさり供述した。

献身的に支え続ける妻を裏切って、栩内被告を「大事な存在」と断言し、好きな人か？と聞かれ「はい」と答えながら、薬物での共謀は否定。〝愛人〟をかばうかのような印象だった。

その使用頻度からして複数あってもおかしくない薬物の入手先については、現在一つのルートだけしか明らかになっていない。

しかし、薬物に染まった芸能人を何人も見てきた私に言わせれば、今回の逮捕で相当懲りたＡＳＫＡ被告は、入手先と仲間について、黙秘するはずもなく、すべて捜査当局にゲロしているはずだ。

検察側は懲役3年を求刑しているが、初犯のＡＳＫＡ被告には、おそらく執行猶予がついて、〝自由の身〟が待っている。

それと引き換えに、芸能界に跋扈する反社会的勢力の特定は、すでについているはずだし、さらなる仲間もじきに洗い出されるのではないか。

私は、テレビや映画がクローズアップした顔と仕草をよく観察しているが、「怪しい」と断言できるタ

レントは、少なくない。口をぬぐって何食わぬ顔で
活動している何人かのタレントは今、ドキドキしな
がら針のむしろ状態だろう。

高須の一言

「猶予判決後は活動も再開、情報発信にも熱心だな。ただ、失った信用は歌できっちり返してくれよ！」

夕刊フジ
2015年7月15日掲載

田代まさしの盗撮騒動
人間は我慢の上に生きている

元タレントの田代まさしが今月6日、東急田園都市線二子玉川駅で、女性のスカートの中を撮影した疑いで、警視庁玉川署に都迷惑防止条例違反（盗撮）容疑で事情聴取された。一報を聞いて、「〝性〟癖は治りようがないな」と思った。

この連載で何度も書いているが、私は田代が覚せい剤取締法違反罪などで3度有罪になり、獄に入ったときも支援を続けてきた。2014年7月、東京・府中刑務所から出所したとき、「まだ、危うい……」と思った。

彼の場合、薬物への我慢と、その結果、抑えられなくなる盗撮癖が表裏一体だと言わざるを得ない。

何人もの薬物経験者を見てきたので、あえて言う。薬物地獄からの完全な脱出などできない。断ち切ったように見えても薬物使用を我慢しているに過ぎず、いつでも「隙があればやりたい」と考えるものだ。田代は、薬物依存症のリハビリ施設「日本ダルク」でプログラムを受けながら職員として働いていたという。ダルクのような集団生活で衆人環視の下で我慢は継続し、ハタ目には脱出したように見える。だが、こんどは別の性癖が出てしまったのだろう。

田代は盗撮直前の今月1日、法務省などによる講演会で「僕はまだ立ち直っていません。あくまで立ち直り途上です」「生き方は変えられる」などと語っていた。

俳優の清水健太郎が、かつて講演会で、「私の歯は真っ白でしょう。でもこれは薬物使用の結果、すべて入れ歯になったからです」と語っていたことを思い出した。

経験者の言葉はインパクトが強く、当局が起用したくなるのは分かるが、田代は別の形で裏切ってしまった。

インターネット上では一部のエロスマニアが、そうした田代の行為を〝神〟と囃し立てるのも良くない。15年前の盗撮で、「『ミニにタコができる』というギャグを撮ろうと思った」とうそぶいたが、その続編を撮ろうとでもいうのか。だとしたら妄想癖の究極だ。

私は以前、何度目かの復帰会見で田代に、声を荒らげたこともある。それは、彼を思って専門病院での治療以外、方法がないと思ったからだ。人間は我慢の上に生きている。

高須の一言

「彼の肉声には、薬物の恐ろしさ、リハビリの苦しさが常ににじんでいる。田代の背負うものはまだまだ軽くならないな」

田代まさし（たしろ・まさし）

1956年佐賀県生まれの東京育ち。愛称・マーシー。元タレント。80年、高校の同級生だった鈴木雅之らとドゥーワップグループ「シャネルズ」として芸能界へ。現在は、薬物治療の支援活動や執筆の一方、ネットテレビなどには出演している。

夕刊フジ
2016年2月10日掲載

「3つの共通点」曙と清原の「明暗」

清原和博(1)

覚せい剤所持容疑で清原和博容疑者(48)が逮捕され送検された今月4日、私は東京・三田の病院に入院中の元横綱の曙(46)を見舞っていた。

曙は昨年末、RIZIN旗揚げ大会に出場。ボブ・サップとの一戦で右足ひざ下を痛めた。腫れは引かず先月、緊急入院して、右下肢の蜂窩織炎(ほうかしきえん)などと診断されていた。

病室を訪ねると、包帯姿は痛々しいが曙は顔をほころばせた。開口一番、「高須さん、清原は逮捕されてホッとしていると思う」と話した。そして、自身の右足を見せながら「一時は小錦さんの足くらいにふくれあがって大変だった。今もひざは痛いよ」と満身創痍の我が身を振り返った。

それでもファイティングスピリッツは衰えてお

筆者(右)は清原(左)を高校野球の監督にしようと根回しした

らず、「ジャイアント馬場さんの奥様のバックアップをいただいて、王道プロレスの道を歩むことにした」と今年の決意を語る。プロレスラー・曙として新たに団体を立ち上げ、弟子の養成にもトライするというのだ。ベッドの脇にいた同じハワイ出身の夫人は、「バックアップね」と私にウインクした。

ふと曙と清原の現在の境遇の違いを思った。2人には3つの共通点があった。ともに頂点を極めたスーパースターで、ひざに爆弾を抱え一度は引退した。そして、ともに引退後、刺青を入れている。

私は2011年、クリスマスの頃に浅草の料亭で、ある高校野球の名門校を率いる理事長と清原を思いきって引き合わせた。理事長は「監督に迎えたい」という意向だったが、プロとアマの垣根は思いのほか高く、計画は頓挫。翌年に入って清原からの連絡はプッツリと途絶えた。

このとき、清原は「ひざが痛いので座敷での会食は厳しい」と言い、別室に立派なテーブルと椅子を用意したのだが…。

逮捕後の移送車の中で、汗なのかギラギラした清原が引きつった表情を見せた。かたや曙は、体の不調を抱えながらもハワイアン特有の抜けるような明るい笑顔を見せる。

何が2人を分けたのか。山が高ければ谷も深い。清原に奮起を促すため面会には断固行くつもりだ。

高須の一言

「世間をわかせた男の復活。みんなが期待しているのを忘れるな!!」

清原和博（きよはら・かずひろ）

1967年大阪府生まれ。元プロ野球選手、野球評論家、タレント。PL学園高時代、甲子園で活躍、5季連続甲子園出場。85年、西武にドラフト1位で入団。その後、読売ジャイアンツを経てオリックス・バファローズに移籍し2008年に引退。

夕刊フジ
2016年2月17日掲載

清原よ、ガキ大将はもうヤメにしろ

清原和博〔2〕

薬物事件で逮捕された清原和博容疑者の取り調べが進んでいる。私は移送車の姿をテレビで見ながら、ビートルズのジョージ・ハリスンが歌う代表曲「ホワイル・マイ・ギター・ジェントリー・ウィープス」の歌詞を断片的に思い浮かべた。《床を見れば汚れている。掃かなくちゃ》《なぜ誰も君に教えなかった》《彼らは君を買い、そして売った》

密売人が逮捕され、彼を取り巻くよからぬ人物が連日、報じられる。

そんな中、私は東京・新橋の「肉の万世」で元プロボクサーの川崎タツキと半年ぶりに会った。川崎は「清原さんは私より4歳年上なんです。いつか会いたいですね」と話した。

少年時代から〝足立区のタンタン〟と恐れられた暴れん坊で少年院、ヤクザ、薬物依存と転落。ボクシングとの出合いと恋人の支えで立ち直った。2000年7月にデビューして、08年末に引退するまでに26戦21勝5敗18KOの戦績を残している。

愛妻の優香さんは、元気か？と問うと、「母と一緒に西新井でスナックを経営しています」と幸せそうだった。

薬物を断ちきるため回復支援施設、千葉ダルクに入り、背中の入れ墨を白粉で隠してリングに上がった。私との付き合いは20年以上になる。

薬物事件は再犯率の高さで知られるが、「死ぬ時まで薬物はやめます」とガマンの人生を誓う川崎。「妻がいたから頑張れた。ダルクから卒業したとき待っていてくれたんです」と私に明かした。そして、「清原さん、奥様との復縁は不可能なんですかね？」

と心配した。

先週号でもお伝えしたように、私は〝浪人中〟の清原が、甲子園の名門校で監督になれないか模索したことがある。

そのときの清原の言葉が忘れられない。

「高須さん、私の至福の時間は、生涯打ってきたホームランの全打席を1本にまとめたＤＶＤを見ることなんですよ」

ひとりぼっちのガキ大将だった川崎が、地獄の門をくぐり抜け出たように、ガキ大将はもうヤメにしないか、清原！

高須の一言

「あのヒーローが漏らした楽しみ、なんだか泣けちゃうよ……」

夕刊フジ
2016年6月1日掲載

〝薬断ち〟の厳しさ知る千葉マリアの息子

清原和博（3）

覚せい剤取締法違反の罪に問われた清原和博被告に執行猶予付き有罪判決が出た。これから〝薬断ち〟の厳しい戦いが始まる。

清原の周りを遠巻きに有象無象が群がる中、「私のところに来られたらどうか」と手を差し伸べるのは、千葉県にある依存症回復施設「館山ダルク」代表の十枝晃太郎だ。現在、48歳の清原。40歳を超えてから薬物依存症から脱することの厳しさを身をもって知る晃太郎は、歌手・千葉マリアの長男である。

私は2004年に千葉のエッセー集『馬鹿でもいいサー』を出した。

幼い頃の性的虐待、シングルマザーのつらさ、松方弘樹との隠し子騒動、子宮がん…そして長男の薬物依存症まで数々の試練からの克服を赤裸々に綴り、当時大いに話題を呼んだ。

2000年、DJ修業のために渡米したはずの晃太郎は、体重35キロまで痩せ、完全な薬物依存になっていた。千葉は抵抗する息子を強引に帰国させ、回復治療に取り組んだ。「あなたはビッチなんだね」と面罵され傷ついたこともある。

「晃太郎が〝馬〟で私が〝鹿〟。2人足したら馬鹿でした」と笑って振り返る千葉は、「心優しい人であればあるほど薬物依存にかかりやすい」とも私に明かした。

晃太郎は沖縄のダルクで、リハビリの一環として伝統芸能エイサーの太鼓に取り組んだ。千葉のディナーショーも務め、十余年にわたり〝薬断ち〟と戦ってきた。

母子で試練を克服した千葉が私に何度も言った

のは「底つき」という言葉だ。依存症を克服した人が後に「あの時が底だった」と振り返るどん底を自覚しなければ真の〝薬断ち〟は難しいのだ。

清原の場合、いま献身的な絶対愛の人が近くにいるのだろうか。

晃太郎は薬物の呪縛を解かれたとき、「おふくろ、自由のうしろには責任がついているんだねえ」と母にシミジミ語りかけた。清原にとって、ケースタディーになってほしい。

「マリアと息子の姿は、再生に絆が欠かせないことを教えてくれるぜ」

夕刊フジ
2016年8月31日掲載

〝獅子身中の虫〟高畑淳子が踏んだ三田佳子の轍

マイク1本で立ったまま。高畑裕太容疑者の強姦致傷事件を涙まじりに詫びる母、高畑淳子の会見の冒頭を見て、「劇団青年座のトップ女優」による独り芝居を見る思いだった。紫綬褒章の力量のなせるわざか。しかし、話が進むうちに次第に違和感を覚えた。

少し話が飛ぶ。青年座といえば静岡・掛川西高校で私と同級生だった演出家の鈴木完一郎が長い闘病の末、亡くなり2009年9月にお別れ会があった。

参列した西田敏行と「3人とも類人猿みたい。腹が出てる、足が短い、顔がデカイ」と笑いあった。鈴木は劇団で同期だった西田の破天荒&破廉恥な芸風を愛し続け、高畑についても女優としての破天荒&破廉恥を「おもしれ～」と評価していた。最近では、フジテレビ系ドラマ「ナオミとカナコ」で高畑が演じた中国語なまりの女社長役で真骨頂を見せた。

それだけに演技には期待してきたが、謝罪会見が進むうちに、高畑の〝内股膏薬〟ぶりに首をかしげた。

「こんなことは不謹慎で言ってはいけないんでしょうが…」と断った上で、「私はどんなことがあってもお母さんだからね」と接見時の甘ったれた様子を明かした。そうかと思えば、「舞台に立つことが私の贖罪」と、年内の舞台に穴を開けられない断腸の思いも吐露した。

つまり「女優・母親」の配分率が一定でなく、あっちにベタベタ、こっちにベタベタなのだ。高畑はテレビ的には遅咲きがゆえに還暦すぎとはいえ、気分は三十路女の生々しさが十分に漂っている。自分が前に後にサポートしながら名前を出してきた息子が、女優人生の刺し身のツマにも見えていた。

今回の不祥事は、まさに〝獅子身中の虫〟ではないのか。会見は、かつての三田佳子の二の舞いを見る思いであった。

高須の一言

「本人が起こした事件でもないのに浴びる冷視線。芸能人とはほんとに因果な商売だって思うね」

高畑淳子（たかはた・あつこ）

1954年香川県生まれ。女優、声優。桐朋短大で演劇を専攻し、卒業後は青年座に入団、舞台女優として活躍する。80年代後半から特撮作品に出演するなど映像の世界でも活躍し、95年からドラマ「3年B組金八先生」の保健科教諭役で認知度が上がった。

夕刊フジ
2016年9月7日掲載

あの事件で消えた〝私の荒木一郎〟

強姦致傷容疑で逮捕された高畑裕太容疑者と高畑淳子の濃密な母子関係を見て、ふとある母子を思い出した。荒木一郎とその母で女優の荒木道子のやりとりである。

静岡から上京し、中央大に入学した私は、1966年「♪空に星があるように……。今晩は荒木一郎です」と、独特なテーマ曲と口調で始まるラジオ番組が、独り暮らしの心の拠り所だった。この歌で日本レコード大賞新人賞を受賞した。

大学の先輩に連れられて見た日劇ウエスタンカーニバルでは、生で「♪ヘイヘイ、マックス…」と歌う「いとしのマックス」を聴いた。67年、この歌で紅白歌合戦に出場した。

しかし、荒木一郎は69年1月、今回の高畑と似たような事件で、表舞台から姿を消した（17歳女子高生への強制わいせつ致傷容疑で町田署に逮捕されたが、告訴取り下げで不起訴となる）。

母である荒木道子は脇役女優として数々の映画、ドラマに出演し生真面目な母親役を演じ続けた。私はテレビで姿を見るたび、「荒木一郎は今、どうしているのか」と思いつづけた。

私も、人生いろいろあって結婚、離婚を繰り返したあげく愛蔵盤だったLPは手元に無い。

先週、その荒木一郎が10月3日、東京・渋谷のオーチャードホールで単独コンサートを開くことを知り、チケットを手に入れた。

〝私の荒木一郎〟は元気なのだろうか。「空に星があるように」「いとしのマックス」、そして「君に捧げるほろ苦いブルース」の3曲は半世紀の間、私の心の中に生き続けた。荒木一郎はその後も俳優、マネジメント、音楽活動などを続けていたようだが、母親は89年3月に亡くなっている。若い頃は、間違いなく前途洋々の天才歌手だった。それを思うと涙が出る。

人は間違いを犯すこともあり、罪は償わなければいけない。高畑裕太には人の心を動かす作品はあるのだろうか。

高須の一言

「あのつまずきがなければ……と思わざるを得ないな。これ読んでるあんたも落とし穴には気をつけな！」

荒木一郎（あらき・いちろう）

1944年東京都生まれ。俳優、歌手、音楽プロデューサー。63年、NHKの人気ドラマ「バス通り裏」で人気となり、66年にはデビュー曲「空に星があるように」で第8回日本レコード大賞新人賞を受賞。マジック評論家としても知られ、著書もある。

夕刊フジ
2010年9月16日掲載

翔、そして再ブレークを願う

横浜銀蝿（1）

「1980年9月21日にデビューしてから、もう30年が経つんです……」

ロックンロールバンド「横浜銀蝿」のボーカル・翔が、遠い目をしながらシミジミと私に語りかけたのは7月上旬。新宿にあるロックミュージシャンの聖地・ライブハウス「Ｌｏｆｔ」の楽屋だった。

その夜は、久しぶりに銀蝿のリーダー・嵐（ラン）とロフトで待ち合わせ、アコースティックギター1本で生ライブをする翔のステージを見に行ったのだ。

約8年前に翔が違法薬物使用の科（とが）で3度目の逮捕となったとき、実兄でもある嵐は、リーゼントを坊主頭にし、革ジャンとサングラスを外して、スーツにネクタイ姿で私の前に現れた。

「高須さん、この姿で世間とファンにわびたいんだ」という嵐のため、私は謝罪会見をセットした。

会見後、しばらくして嵐は心労のあまり脳溢血で倒れ、左半身が不自由になった。

川崎にある自宅に見舞いに行ったとき、「高須さん、翔が出所するまで頑張るよ」と、ろれつの回らない声で、杖を片手に語りかけた。

翔が出所したのは、その約2年後。仮釈放が満期になるのを待って、デビューライブを行った横浜市教育会館で、横浜銀蝿は復活した。

嵐は、不自由な体を押して、たった1曲、「横須賀ベイビー」を歌いながらドラムを叩いた。

会場に集った約1000人の銀蝿ファンは、嵐の不撓不屈の精神と、ギターのＴＡＫＵの友情と、衰えない翔の歌声にオールスタンディングで熱狂。嵐の杖をつく姿に涙を流した。

翌年の2005年には、横浜銀蝿25周年ライブが、横浜ブリッズで約2000人の銀蝿マニアを集めて開催された。そのとき、私の隣に座っていたのが、ヤンキー先生こと義家弘介参院議員だった。

「高須さん、銀蝿のつっぱりっぷりが、元ヤンキーで不良だった私の心に響いてくるんですよ」と、銀蝿の復活に惜しみない拍手を送っていた。

薬物と絶縁した翔。横浜銀蝿のロックンロールは不滅だ!

それから今年でさらに5年がたった。「横浜銀蝿30th ANNIVERSARY前夜祭」が今月19、20日の2日間にわたって行われる。会場はデビューライブ、復活ライブを行った横浜市教育会館だ。

私は8月中旬、浅草にある私の会社にほど近い上野の仲町通りにあるフィリピンパブで翔と待ち合わせ、今回のライブの詳細を聞いた。

「ヤンキー先生もまた来てくれるんですよね?」と、2日間通しの入場券を手渡された。

いまだ嵐の体調はすぐれず、ベストの状態ではないが、嵐、翔、TAKUの3人はデビューした場所で、昔と変わらないロックンロールを、昔と変わらないサングラス、リーゼント、革ジャン、そしてドカン姿で約1000人の観客の前で披露する。

翔は、シミケンこと清水健太郎とも一線を引き、懸命に努力をし、薬物と決別をして約8年がたつ。

私は、翔の捲土重来を、いや、銀蝿の再ブレークを願ってやまない。嵐は、「1曲どころか、全ステージでドラムを叩きたい」と懸命にリハビリを続けている…。

高須の一言

「愛すべきロックンローラーは今も健在だゼ!!」

横浜銀蝿(よこはまぎんばえ)

日本のロックバンド。1979年、嵐(55年神奈川県生まれ)、翔(58年生まれ)の兄弟らとJohnny、TAKUの4人で結成。リーゼントヘアにサングラス、革ジャンに白いドカンの「ツッパリ」ファッションで注目、人気となった。

夕刊フジ
2016年2月24日掲載

嵐　還暦結婚披露宴

よき伴侶得てますます　横浜銀蝿(2)

横浜銀蝿のリーダーでドラマー、嵐(ラン)ヨシユキの還暦結婚披露パーティーが今月19日、東京・六本木のケントスで開かれた。

ロックンロール仲間約100人が集う中、弟でボーカルの翔が、「実は10年前に結婚していました」とジョークを交えて、24歳年下の新妻、美羽さん(37)を紹介。純白のウエディングドレスがまぶしい。

翔は「嵐の親族で出席しているのは私だけです」と会場の笑いを誘ったが、覚醒剤事件から立ち直ることができたのは兄のおかげ。誰も言わないが、まぎれもない事実で、その感謝が言葉の間にあふれていた。

弟が不祥事を起こすたびに嵐は頭を下げてきた。当時は赤坂溜池にあった私のモッツ出版で開いた

美羽さんとの結婚を披露した横浜銀蝿の嵐

謝罪会見で、「原因は私にある」と嵐はリーゼントをやめ、丸刈りにしたこともあった。

嵐が心労で倒れたときも美羽さんが支え続けた。

「今まではミウちゃんと呼んでいたけど、これから姉さんと呼ばなければ」と翔は言った。

嵐は脳梗塞の後遺症から劇的に回復して、翔と盟友のベーシスト、TAKUとともにライブ活動も再開。過日、クラブチッタ川崎でファンを大いに沸かした。

結婚パーティーには、ザ・ヴィーナスの女性ボーカル、コニーも参加して大ヒット曲「キッスは目にして」を祝い歌として披露した。コニーの夫である元クールスのT氏は「嵐の頑張る姿を見て、私たちも頑張ってこられた」と話した。

良き伴侶を得た嵐は、3月23日にソロアルバムをリリースする。タイトルはズバリ「生涯現役」だ。「俺の60年間の汗と涙と叫びをこの1枚にぶつけた」と嵐。

「迷惑かけてすみません」で始まり、「俺の生きる道」で終わる全11曲のオリジナル。

全力で人生を走り抜いている。

高須の一言

「生涯現役……、オレも共にがんばるぞ!!」

誰も言わぬなら俺が言う

夕刊フジ
2011年12月13日掲載

忘年ならぬ忘備会

3・11を能天気に忘れてなんていられない

誰も書かないので、あえて書く!! 「忘年会」のことである。

3月11日の東日本大震災によって、多くの死者と行方不明者が出た。私は4月5日、5月15日、7月4日と3回にわたり、宮城、岩手、福島の3県を訪ねた。惨状を目のあたりにして、「3・11は決して忘れない」と心に決めた。同じように各メディア関係者と一般の人々も〝忘れない〟と口々に語った。

しかしだ。12月に入ると、メディア関係者は、何の疑問も持たずに「忘年会はいつやるの?」と無邪気に私に問いかける。3・11を決して忘れないと言ったにもかかわらず、結果的に〝年忘れ〟を口にする。

私は20年間にわたり、12月28日に私の経営する出版社の会見場をオープンハウス化して、忘年会

2012年1月7日の「第2回萌えクイーンコンテスト」もアピールした筆者

を開き続けてきた。しかし、今年は、どうしても開く気になれないのだ。「忘備録ではないが、忘備会だったら開いてもいいかな?」と考えながら悩んでいた。

そんな中、12月9日の夜、東京・新橋のヘッド・スパ兼ガールズバー「ｓｈａｍｐｏｏ―ｙａ」で26冊目となる自著『酔って暴れて惚れて』（三才ブックス）の出版記念イベントを催した。約２００余人のメディア関係者が集まってくれた。タイトル通り、〝酔って〟〝暴れて〟ハチャメチャに。

型通りの挨拶やお世辞は全て拒否し、自ら会の進行を務め、参加者全員に一言ずつのコメントを求めた。私の胸の底にある深く暗い思いを十分に知っている友人たちの集まりであったために、悪口雑言が飛び交い、ブラックジョークが会場に響きわたった。酔った頭で、お開きを告げた直後「この出版イベントそのものが、２０１１年の私の忘備会だ……」と思わず独り言が漏れた。

過日、今年の新聞協会賞を受賞した河北新報の広報部長が、仙台・国分町のクラブで働く元歌手・三木聖子から託された手紙を、私に差し出した。

《高須君、先日は訪ねてくれて、ありがとう。（中略）私達は3月11日を決して忘れない。高須君も、決して私たちを忘れないで》と繊細な文字がしたためられていた。

私のもとには「忘年会に参加しませんか?」というお誘いのメールや電話が毎日のように届くが、「忘年」と名がついた飲み会には、一切参加しないことを決めた。その上で今月13日から大みそかまで、浅草の会社に、大量の酒とおつまみを準備し、一人一人の友人と〝さし〟で「２０１１年私の忘備会」を開く覚悟をした。能天気に、年忘れなんて、できる気分にはならない!!

高須の一言

「被災地のこと、オレはずっと忘れねぇからな!!」

夕刊フジ
2012年5月22日掲載

おい！ 入れ墨の人は反社会的なのか!?

橋下徹（1）

誰もしっかりと文句を言わないのであえて言う!! 密かにブームになった「入れ墨（刺青）キューピー人形」の携帯ストラップをプロデュースしたのは何を隠そう私だ。100万個売れた。ヘアヌード写真集『女肌・絵』（モッツ出版）では全身に刺青を入れた女性6人の蛮行を暴き、通販で8000円という高額にもかかわらず大ヒットさせたのも、私だ。

大阪市は橋下徹市長の意向で教育委員会を除く職員約3万3500人に入れ墨の有無を尋ね、入れ墨をしていた職員は110人と判明、ゴミ収集などを担当する環境局が73人を占めたそうだ。その上で、橋下市長は、レディー・ガガのタトゥーにも触れ、「ガガが大阪市職員になるなら断る」とまでヒートアップした。

「サンデージャポン」（TBS系）の創成期、私はサンジャポ〝裏ファミリーのドン〟として橋下氏と番組で一緒になり、彼の定宿だった赤坂のホテルのレストランでよく会った。

少子高齢化の中、子だくさんでひたすらガツガツと働き、明朗快活。歯に衣きせぬ橋下氏のキラキラと輝く瞳の有り様を私は高く評価した。たくさんの子供を食わせることを第一に考える姿に、エールを送り続けた。

過日、橋下氏の親族への批判じみた週刊誌報道があった時、「けっこう毛だらけ猫灰だらけ」と開き直る発言にも舌を巻いた。私は常々、「ケンカ上等。ルール（法律）の上で戦うことは結構。終わればノーサイドだ！」と地下格闘技のリング上で吠えまくっている。心情的に重なる思いがした。

でも、今回の入れ墨チェックだけは、私は容認できないのだ!!

私が、入れ墨キューピーをプロデュースした理由は、純真無垢な代表のキューピーが、極悪非道の〝印〟である入れ墨を入れるというパラドックスが今の時代を表現していると考えたからだ。メジャーなキューピーがマイナーな入れ墨を入れた作品なのだから、「マイノリティーな浅草で」と考え、新仲見世通りにある江戸小物の老舗店「高久」1店舗だけ限定で発売した。「女肌・絵」も直販のみで完売した。

誰の心の中にも邪悪な部分はある。入れ墨を入れたからって免職はやりすぎだ。入れ墨をした人は、全て反社会的な人なのだろうか?

橋下さんにあえて言う。「世間にバッコするワタ菓子のようなフワフワとした甘いガキ大将に対し、あなたもたった独りで戦う独りぼっちの〝餓鬼大将〟だったのではないか?!」と……。

高須の一言

「外見よりも中身で人を見ろよ!!」

橋下　徹(はしもと・とおる)

1969年東京都生まれ、大阪育ち。タレント、弁護士、元大阪府知事、元大阪市長。早稲田大政経学部卒。2000年代初めにタレント弁護士として人気に。08年大阪府知事、11年大阪市長。15年に推進する大阪都構想が否決され、同年12月政界引退。

夕刊フジ
2012年11月20日掲載

若い世代には珍しい！〝嫌われ力〟持つ男

橋下徹(2)

「昭和十年十二月十日に、ぼくは不完全な死体として生まれ何十年かかゝって完全な死体となるのである」と詩に綴ったのは寺山修司だ。青年座の演出家で私の母校・掛川西高校の同級生だった鈴木完一郎は、その声を失い死期が近づいたとき「おそらく、俺は『完全な死体』になりかけている」と白い便箋に書き、私に見せた。

その後もロス疑惑の三浦和義、PRIDEの怪人・百瀬博教、空手家の真樹日佐夫、俳優の安岡力也……まさに熱き鉄板に手をつきし男ありき—の人生を歩んだ人々が、この世を去った。彼らには特徴がある。

一に、口から出た言葉は天にツバ吐くと心得て、逃げない。

二に、自分が書いた文章を決して翻さない。

三に、たとえ手元不如意の状況に陥ってもグラグラせず、泰然自若。

四に、いつも人と正対し、薄ら笑いや冷笑は浮かべず、威風堂々。

五に、自分より若い者の力を信用し、ここぞという場面で加勢する。

六に、激高することはあっても、高笑いを基本とし、死ぬまで生きている!!

彼らは、生きていれば私の26冊目となった対談本『悪名正機』に必ず登場したはずのアウトサイダーたちだ。新著はおかげさまで売れ行き好調。かつて芥川賞作家、柳美里は、私の破天荒ぶりを「高須の嫌われ力」と称した。嫌われ力とは孤立無援となっても野合しないことだ。

前置きを長々と書いたが、アウトサイダーの辞書に「嫉妬」という言葉はない。

週刊朝日の例の一件で謝罪をしたノンフィクション作家、佐野眞一のことである。誰も書かないからあえて書く！

団塊の世代の右代表、と思い上がっている佐野大先生は、若い世代の橋下徹大阪市長の「行動力」と「勘の良さ」、そして「老人を懲らしめる術」、つまり石原慎太郎らへの「老人たらし」の極意に対し、強烈な嫉妬をしている。負け犬の〝遠吠え〟をしたにすぎないのだ。嫉妬に駆られて橋下の出自にまで書き及んだのだ。

サンデー毎日での連載「新忘れられた日本人」にしても、インテリ特有のレトリックだらけ。体力・気力の落ちた中年男のヨタ話の連続だ。

私にとって、TBS系「サンデージャポン」で共演したこともある同士の橋下は、今太閤の勢いである。一度は天下の差配をまかしてもいいじゃないか。橋下は若い世代には珍しく〝嫌われ力〟を持っているのだから。

「今は表舞台に立たないが、あのすごみが発揮される日は来るのか」

夕刊フジ
2012年7月10日掲載

辻元清美は究極の〝内股膏薬〟だ

辻元清美衆院議員が今月9日の衆院予算委員会で民主党を代表して野田首相に質問している姿をテレビで見た。やり手を意識してかアメリカの上院議員っぽい紺の布地に白のピンストライプのスーツ。エグゼクティブな雰囲気を醸し出していた。

ピースボートの創設者のうちの一人であった辻元氏は、土井たか子社民党党首に請われて同党の議員になり、その後、民主党に転身した……。

誰も書かないのであえて書く。辻元氏は〝内股膏薬〟の究極である!!

昔の膏薬は、両面にベタベタする薬がついていた。治さなければならない〝左側の内股〟に貼っても、気が付くと、右側の内股にくっついてしまう！

まるで将棋の駒の桂馬のように、左に行こうと思えば左に行き、右に行こうとすれば右にも行ける。とどのつまりは、ひっくり返って〝金〟になる紆余曲折そのもの。

この内股に貼った昔の膏薬のような政治家人生を、何の恥ずかし気もなく、国会を将棋盤に見立てて〝成金〟となった。

「ソーリ！　ソーリ！　ソーリ！」と小泉首相に食い下がる姿は忘却のかなた。「あなたは〝疑惑の総合商社〟だ！」と鈴木宗男氏に罵詈雑言を浴びせたのは、夢の中の戯言だったのだろうか。

本人が秘書の費用を巡って逮捕されたときには、「キャン！」となってうなだれ意気消沈で議員辞職。その後、再び国会議員に選出されたが、お世話になったはずの社民党に後ろ足で砂をかけるようにして、現政権にすり寄り、抱きついた。

「私は、大阪の商売人の娘ですから」が辻元氏の常套句で、庶民を気取ってはいるが、スーツも上等な舶来もの(?)にかわり、肌までがいいものを食べているのかツヤツヤ、テカテカ。

明石家さんまのような歯だったはずが、口元もスッキリ。かつてスピッツが吠えるがごとく「キャンキャン」とうるさかったのに、この日の質問では落ち着き払い、〝消費税、賛成!〟。私には野田首相に白旗を上げた飼い犬そのものに見えた。

昭和の時代、自民党の小池百合子議員の毀誉褒貶を〝昭和の寝返り女〟と揶揄した人もいたが、小池氏は保守の論客としていささかの陰りもなかった。しかし、リベラル・市民派から何のてらいもなく変身を図る辻元氏には、「女の一本道」が感じられないのだ。

1年ほど前、新宿・ロフトプラスワンの小さなイベントで会ったとき、目をそらし「フン!」という顔すらして私を無視した。

繰り返すが、今の時代、両面にベタベタする膏薬は存在しない。それが、まるで化石のような内股膏薬ぶり。女優じゃあるまいし、私は絶対信用しないぞ!

高須の一言

「オレは左から右まで付き合いがあっても引っ付かないからな!!」

辻元清美(つじもと・きよみ)

1960年奈良県生まれ、大阪育ち。立憲民主党所属の衆議院議員。87年、早稲田大学教育学部卒。在学中にアジア諸国と日本の交流を進めるNGO「ピースボート」を設立、市民運動に関わる。96年、社民党の土井たか子党首の誘いを受け、衆院選に初当選。

夕刊フジ
2012年9月11日掲載

朝鮮総連の本部を初訪問

「共和国創建記念日」祝う宴席で通訳美女にウットリ

東京・千代田区にある朝鮮総連の本部を初めて訪問した。朝鮮総連ビル2階の大会議室で7日夜、開かれた「共和国創建記念日」を祝う大宴席に招かれたのだ。

私の古いベンツ280が着いた瞬間、誘導の係員は「高須社長、どうぞ地下1階の駐車場に車を入れてください」と私に告げ、同行した週刊金曜日の平井康嗣編集長らはゲート前で車を降りた。総連ビルの前には警察の装甲車が数台配備され妙に物々しい。

式典は定刻通り夜6時に開始。大広間に案内された。500余人の列席者を幹部らが並んで出迎えた。中では、テレビ朝日の川村晃司コメンテーター、映画監督の山本晋也氏、日本共産党の穀田恵二国会対策委員長、NGOレインボーブリッヂの小坂浩彰事務局長らが顔をそろえていた。

議長らしき人の挨拶が30分ほどあったが日本語に通訳するチョゴリ姿の若い女性の美しさと言ったら……。さすがの私もウットリと見つづけた。

「来ていたのか」と肩を叩かれ、思わずふり向くと長い友人の同志社大学社会学部の浅野健一教授が若い女性の助手を従えて、たたずんでいた。壇上には金日成、金正日両氏の大きな遺影写真が掲げられていた。

私の周りにはいつの間にやら共同通信社らマスコミが集まり、「高須さんが何でいるんですか?」と驚いた表情だ。

中央にしつらえたテーブルに目をやると、よくあるパーティー用の洋風料理だらけ。隣にいた地元の富士見町内会の人たちに「珍しい北朝鮮料理はないんですか？」と問うと、「この3種類の餅菓子が唯一の北朝鮮らしい食べ物で、めでたい席にだけ出されるんですよ」と甘い餅菓子をすすめられた。

朝鮮総連の宴席に招かれた筆者

会場では、小坂事務局長と少しだけ話をしたが、拉致問題の解決には時間がかかるという。ぐるりと見渡したが国会議員は穀田氏以外は見あたらない…。ビル全体が節電の中、会場は人いきれで少し息苦しくなった。外で一服していると反権力・反社会勢力を取材しているジャーナリストに話しかけられた。

「高須さん、あなたに朝鮮総連副議長、南昇祐氏を紹介するよ。とても大物だよ」と再び会場へ。かつて、紹介されたことがあったが、久しぶりに会う南副議長は背が高く、「また会いましょう」と名刺を手渡された。

総連本部というと、今まで理由もなく腰が引けて、少し恐ろしさも感じていた。少しドキドキしながらも妙にワクワクする自分もそこにいた。その夜、いつも列席していると聞いていた作家、柳美里の姿はなかった。

「亜細亜は一なり」と提唱した岡倉天心の言葉が帰りしな、私の胸にずしりと響いた。帰り際、どこのだれかは知らないが、たくさんの写真をバシャバシャと撮られた。

「あそこで感じたムズムズ感はなかなか忘れられないな……」

朝鮮総連（ちょうせんそうれん）＝在日本朝鮮人総連合会

1955年設立。北朝鮮を支持する在日朝鮮人で「主体思想」の下に活動、運動をする人々が組織、構成する団体。東京・九段の靖国神社にもほど近い東京都千代田区富士見に本部が所在する。

マッコは、ナンシー関のエピゴーネン

夕刊フジ
2013年5月28日掲載

5月27日は1905年、日露戦争の日本海海戦で東郷平八郎司令長官のもと、日本海軍の連合艦隊がロシアのロジェストベンスキー提督率いるバルチック艦隊を撃破し、勝利した日だった。戦前は海軍記念日として祝っていた。

私はその前日の26日、八丈島で、滑川裕二宮司が斉行する春の例大祭に出向いた。滑川宮司とは2000年の初夏、10人の仲間とともに尖閣諸島・魚釣島を目指し、灯台の充電池を交換するため上陸を試みた。

しかし、20メートルを超す高い波にはばまれ、石垣島から200キロほど進んだところで海上保安庁の巡視艇の危険信号の前にやむなく引き返した。

例大祭の冒頭、滑川宮司は「5月27日は、欧米列強の植民地化からかろうじて自主独立をした日本が大国ロシアに勝利した日である。現在の海上自衛隊はこの日を掃海殉職者慰霊祭とし、前後にイベントを開催している」と述べた。主として例年の金刀比羅宮での慰霊祭の有り様を披露し礼賛した。

敗戦とともに海軍記念日は廃止されたが、海軍少尉だった私の父は死の直前までこの日に上京し、靖國神社を参拝していた。南洋のペリリュー島辺りから命からがら帰国した亡父は最晩年、私が贈った『日本海軍全艦艇史』（KKベストセラーズ刊）を大切にし、独り病室で丹念にページをめくっていた。その後、形見として母が私のもとに返却してくれた。

亡父は全身に手榴弾の後遺症があり、半身に点々と残るヤケド痕には、子供心に恐怖を覚えたものだ。

私は八丈島の八丈神社を訪ね、公私の思いが混濁する中、ふとこんなことを思った。

いま、芸能界は女なのか、男なのか、よくわからないタレントが営々と跋扈（ばっこ）し、人の悪口を〝毒舌〟と称していいたい放題だ。

あえて書く。マツコ・デラックスは、故・ナンシー関の数々の著作を読み込んでいるフシが見受けられ、私に言わせれば、まさしくそのエピゴーネン（亜流）ではないか。

岩井志麻子、中村うさぎなどは、あけすけな言わばオナニー発言で、実体験談はウソっぽい。私に言わせれば、団鬼六の小説に登場するマゾ女のセリフを拡大しておしゃべりしているように聞こえる。

私は男としての矜持を忘れず、内股膏薬の人生を決して生きないぞ、と決意した。

高須の一言

「ナンシーと親密な関係にあった
オレだからこそ、言えることだよ！」

マツコ・デラックス（まつこ・でらっくす）

1972年千葉県生まれ。コラムニスト、女装タレント。美容専門学校卒業後、美容師として働くも、ゲイ雑誌の編集者に転身。2000年以降テレビに出演するようになり、05年にTOKYO MXの情報番組「5時に夢中!」のコメンテーターでブレークした。

夕刊フジ
2013年6月4日掲載

私の靖国参拝は亡父の名代として不戦誓うもの

二律背反じゃないのかと自問自答しながら、今月1日の昼下がり、靖国神社本殿に参拝した後、翌2日には作家、大江健三郎氏らが芝公園で開いた「さようなら原発集会」に独りぼっちで参加した。私にとって靖国参拝は、亡父への名代として不戦の誓いであった。

靖国神社を巡っては、インターネットの韓国語のサイトで男が池に放尿したとする画像や文章が掲載され物議を醸している。神社の控室で権禰宜(ごんねぎ)の楠林豪氏にうかがうと、「困ったことです」と憂慮。警察への被害届が正式に受理されたという。

私は子供の頃、「参道や神社内の廊下の中央は神様が通られるから、男は左側、女は右側の隅を歩きなさい」と教わった。このあたりも今ならフェミニストからクレームが付くのだろうか。

悪質すぎるイタズラに困惑する靖国神社

一方で、芝公園から日比谷公園までの3・5キロを痛風で痛む左足をひきずりながら、杖をついてデモに参加した。

レモンちゃんこと作家の落合恵子もいて目が合った瞬間、私に向かって「逮捕者が出ないように」とメガホンで注意を促した。還暦を超えた元全学連の武闘派も並み居る中で、「いまさら過激を求めてどうするの」と私を警戒。心配に及ばない。体が思うように動かないのだから、もう若いころのように丸太を持って突っ込むのは夢の中だ。

ゆっくりと遅い私の歩みは、子供を連れた若い母親の群れに合流。汗を大量にかきながら、こみあげてくるものがあった。母たちの子の健康に対する思いはイデオロギーを超えて必死だ。私の89歳になる実母は、夫である亡父の南方戦線出征、兄である私の叔父のシベリア抑留という2つの〝銃後〟を知っている。

靖国からの帰りしな、同じ静岡出身の楠林権禰宜は「ご母堂に」と、お茶請けの最中を白い袋に包んでくれた。ご神盃とご神餅、写真集、それに書籍『英霊の言の葉』を差し出し、「8月15日にはご一緒にお参りください」と言った。

私は終戦記念日の夜7時から、東京・新宿ロフトプラスワンに右翼左翼の論客を迎えて「8・15　右翼も左翼もない　日本と討議討論する！」と銘打ったトークイベントを開く。右サイドのゲストは格闘家の前田日明が来るはずだ。左サイドは私だ。何か文句ありますか？

高須の一言

「右も左もないいんだよ。不戦の誓いと行動は人それぞれだ!!」

夕刊フジ
2013年8月7日掲載

山本太郎、団塊世代をなめんなよ！

私は15日の夜、東京・新宿歌舞伎町のロフトプラスワンで第71回のトークライブを開催すること。「平和だからできる場、戦場よりエロス場」がキャッチフレーズだ。戦場よりリング

いつの間にか、この名物ライブハウスでも最多回数を記録し、66歳の私は最年長の演出者にもなった。とくに終戦記念日のこのイベントは、午後7時に始まり4時間の独壇場だ。

これまでに、THE OUTSIDERの格闘家、前田日明も、右翼団体一水会の木村三浩氏もここでトークの腕をあげた。世間からコワモテのレッテルを貼られていた2人の印象を払いのける場を私はロフトに求めた。左翼陣営からは、脱原発をテント村で訴え続ける元全学連の論客、三上治氏を招いてきた。

今年は、日本国憲法の誕生を描いたドキュメンタリー映画「太陽と月と」が話題を呼んだ映画監督の福原進氏と故団鬼六さんの令夫人で68歳の演歌歌手、黒岩安紀子さんに再登場していただく。ニコニコ動画でもネット中継されることになった。

ところで、いま私の周囲の右翼・左翼両陣営の団塊世代からは、参院議員に初当選した山本太郎氏への評判が芳しくない。誰も言わないからオレが言う。

彼が言う〝脱被曝〟や〝反憲法改悪〟を私はまったく信用していない。俳優を捨てたのかどうか知らないが、政治を「人生の戦術」としているように思えてならない。ちゃらちゃらして見える。身を捨てる覚悟が感じられないのだ。

確か選挙演説で「道の向こう側にいるおじさんた

ち、何やってんだよ」というような問いかけをしていたと記憶している。われわれ団塊の世代への挑発と受け止めた。なめんなよ。若者だけが1票ではないぞ。

山本さん、文句があるなら15日夜、歌舞伎町のロフトワンで待ってます。

団塊世代のみなさんも、家で蕎麦打ちやってるんじゃねえぞ！　そんな時間があるなら、歌舞伎町まで、たった4時間の「大人の家出」をしに来てほしい。トークのテーマは憲法、原発、自衛隊、そして沖縄の事だ。

「世に生を得るは事を為すにあり」（坂本龍馬）

今年も破天荒イベントで暴れるぞ。

高須の一言

「山本のような手合い、まだまだ永田町にいるぜ！」

山本太郎（やまもと・たろう）

1974年兵庫県生まれ。元俳優。参議院議員。90年、バラエティー「天才・たけしの元気が出るテレビ!!」のダンスコンテストに出たのを機に芸能界に。反原発を訴えて政界入りを目指し、2013年7月の参院選に東京都選挙区から無所属で出馬、初当選。

夕刊フジ
2013年9月25日掲載

ドラマでも映画でも繰り返される
土下座はズバリ「甘い！」

TBSの日曜劇場「半沢直樹」が高視聴率のうちに幕を閉じた。このドラマは冒頭で主人公・半沢直樹（堺雅人）の父親（笑福亭鶴瓶）が銀行員に土下座で融資を懇願するも打ち切られて首つり自殺。半沢は、今は常務となったその行員（香川照之）に「倍返し」のリベンジを果たして土下座させる。つまり土下座だらけだ。

昨今、テレビドラマでも映画でも極めて日常的に土下座シーンが繰り返される。私はズバリ、「甘い！」と思う。

ヘアヌード写真集全盛期の1990年から10余年間、私は121人の女優裸体を商売にした。

その都度、女優相手に「陰毛を見せて！」と土下座を繰り返した。

東京・銀座の三笠会館奥座敷でしゃぶしゃぶを食しながら、畳にあたまをこすりつけた。平身低頭の土下座がヘアヌードの一大ブームを作ったのだ。96年、写真集『遠野小説』の撮影時には岩手県遠野市の旅館で、初ヌードの女優、藤田朋子に「どうか、見せて」と懇願した。発売をめぐり大騒動になると彼女は、「高須さんは土下座して、私に頼んだ…」とワイドショーで明かした。私は、世間とマスコミから「悪徳」「毛の商人」と揶揄された。

私は、めげることなく女優としゃぶしゃぶを共にして「お願いですから、脱いで」と口説きまくった。

土下座でダメな場合には外に出て、カバンの中に忍ばせた小型スコップをやおら取り出し、昭和通り沿いにあった街路樹の下を30センチ四方掘った。穴の中に頭を突っ込み、泥まみれで「お願いだから！」と頼み込んだ。女優は百発百中で、「いいわよ」と笑いながら陰毛全開を約束してくれた。

　これが明朗快活な究極の土下座だ。

　一方、半沢ドラマは極めて後ろ向きで消極的な土下座であった。私に言わせれば、男と男の世界では土下座ぐらいで物事は解決しない。

　土下座は、男と女の間を流れる暗くて深い因縁を乗り越えるときにのみ通用する。男が女に対し意味のないプライドをかなぐり捨てる瞬間の表現だ。

　男が男にケジメをつけるときは、土下座ではない。切腹あるのみだ。半沢ブームで「倍返し饅頭」がバカ売れらしい。私の事務所の近所、新橋4丁目の老舗「新正堂」には、「切腹最中」がある。彼の地にあった屋敷で浅野内匠頭が切腹したことにあやかっている。「倍返し」より「切腹最中」の方が潔いではないか。

夕刊フジ
2015年4月8日掲載

戦後70年…万感の思い込め ミスパラオを選びたい

天皇、皇后両陛下は8日から戦後70年での戦没者慰霊のため南太平洋の激戦地、パラオ共和国を訪問される。先の大戦ではペリリュー島で米軍約5万人を迎え撃った日本兵約1万人がほぼ全滅。9日には、その島で日米双方の慰霊碑に供花し、平和を祈念される。

とても感慨深く、ありがたい思いだ。

個人的な話で恐縮だが私の父、高須茂は江田島の海軍兵学校出身で、海軍少尉として南方の島々を転戦、命からがら帰国した。

「基仁(もとじ)、これが手榴弾の跡だよ」と服をはだけた上半身には生々しい傷跡があった。父は1997年に亡くなるまで戦友会の参加と、軍人恩給は拒み続けた。いまわの際まで、「南方」がどこかは語らなかった。

昨年のミスパラオとマツタロウ駐日特命全権大使

その年の夏から私は、ミスパラオを選ぶ「日本パラオ国際親善大使プリンセス選考会」の審査委員長を引き受けた。今年7月20日の「海の日」に18回目を迎える。

ひたすら青いパラオの海の素晴らしさをアピールするコンテストで、私は第1回大会から最終選考の30人に必ず呼びかけてきた。

「南方の島、パラオのペリリュー島には多くの英霊が今も眠っている。現在の日本がこんなに平和で豊かになった証しのひとつとして明るく健康な女性の姿を見せてあげてください」

昨年の審査に立ち会っていただいたフランシス・マツタロウ駐日特命全権大使も、その前任のピーター・アデルバイ臨時駐日大使も、日本語が通じ、大変な親日家だ。マツタロウ大使には昨年、私の古いベンツに同乗していただき、パラオで戦った日本兵をまつった茨城県の神社に参拝していただいた。

戦後7年に万感の思いをこめ、今年も健康美あふれる大和撫子を選びたい。

高須の一言

「ただのミスコンじゃない、この存在を知っておいてほしい……」

パラオ共和国(ぱらおきょうわこく)

西太平洋の島国。首都はマルキョク、人口は2万1000人余り。戦前は日本の委任統治領で親日家が多い。第二次大戦中、日米両軍の激戦地となり、ペリリュー島では日本軍は約1万人、米軍も多数の死者を出した。日本と時差はない。

夕刊フジ
2015年6月24日掲載

性とテレビ…斬新だった70年代「モーニングショー」

月曜日のＮＨＫ「あさイチ」のコーナー「女のホケン室」は、あからさまな「なったらどうする？閉経」のタイトルで、有働アナと女性ゲストらが「閉経前の生理はどう変わる」など、言いたい放題だった。

男の場合は「目・歯・マラ」のホップステップジャンプで衰える。一方、女性は閉経の後も、「おひとり様の老後」（＝上野千鶴子の著書名）を信じて、狡兎三窟。つまり3つぐらい逃げる穴蔵を持つしたたかさを有している！

性とテレビといえば、1970年代、長谷川肇アナが2代目司会を務めたＮＥＴ（現テレビ朝日）の「モーニングショー」は異様な緊張感に包まれていた。医師で結婚カウンセラーの奈良林祥が担当するセックスコーナーで、初めて性を正面から取り上げたからだ。

「まったくまじめな性教育番組だった」と当時のディレクター。主婦を六本木のスタジオに集めて、奈良林が講義するスタイルで第1回の放映は「マスターベーション」がテーマだった。今ではさほど刺激的ではないが、系列局は「品性がない」と苦言。しかし、奈良林は「セックスは女性が主役で、男は脇役」と断言。斬新だった。

その流れは、80年代になって女性誌「モア」誌面上の性に関するアンケート「モア・リポート」として引き継がれた。「あなたはオーガズムを得たことがありますか？」といった項目で、男の独りよがりの性へ挑戦してきたのである。

2000年代に入って私は元女流棋士、林葉直子の自由奔放なセックスの有り様に、肉体と心で自立する女を見た。まさに「平成のモア・リポート」の体現者たるヘアヌードや、女の旧弊に縛られない〝緊縛写真〟を世に出した。彼女が「あさイチ」に出れば、もっと面白いのだが、闘病中の今は満身創痍。彼女の想いが詰まった危うい写真集「罰と罪」を店頭に並べ続けている。

高須の一言

「いいかぁ！セックスは女が主役、男は脇役!!」

夕刊フジ
2016年6月15日掲載

団塊はなぜダメなのか

舛添要一、猪瀬直樹、菅直人……

舛添要一都知事の奇妙奇天烈な答弁をテレビで見ながら思い出した〝教え〟がある。

東京市の第7代市長だった後藤新平が、少年団日本連盟（ボーイスカウト）の初代総裁になるにあたって唱えた自治三訣の訓だ。

《人のお世話にならぬよう、人のお世話をするよう、そしてむくいを求めぬよう》

少年のみならず広く一般に響く真理で、舛添氏や私のような団塊世代は小学校で、これを等しく習ったはずだ。

十数年前、日本テレビのトークバラエティー番組「壮絶バトル！花の芸能界」で舛添氏と一緒になったとき、私は彼のオチャラケぶりに辟易して、「国会議員のゴールは等しく内閣総理大臣になることではないのか？」と問うた。

的確な返答は得られなかったが、当時60歳前の舛添氏は、自治三訣などすっかり忘却したアッケラカンの銅臭人生をすでに歩んでいたのか。

同世代の猪瀬直樹前知事もカネに目がくらみ、医療法人から5000万円を受け取った問題で失脚した。菅直人元首相も東日本大震災での無為無策が叩かれ脱落した。

団塊世代はなぜこうもダメなのか。

芸能界ではビートたけしとタモリ、そしてテリー伊藤がかろうじて生き残っている。ご託を並べてきたジャーナリストも〝寄らば大樹〟が無くなれば失速する。定年後は私の出版社がある新橋では居酒屋で、リュックを背負った同輩が昼酒をあおり気炎をあげても世の大勢に何の影響もない。

そんな中、NHK―Eテレで今月9日放送されたドキュメンタリー「リハビリ・介護を生きる　鳥塚しげき・好きな歌を歌えるから」を見た。
グループ結成50年になるワイルドワンズはメンバー全員ががんの罹患者。69歳の鳥塚は自らを「ワイルドガンズ」と名乗り「がんになっても、また元気に！」と前向きのメッセージをファンに届ける。私は心を打たれた。土俵際に立たされた時、その人の真の姿がよくわかる。
銅臭の人は〝短命〟に終わるのが世の常だ。

高須の一言

「同世代のダメっぷり、指折り数えても余りある!!」

舛添要一（ますぞえ・よういち）

1948年福岡県生まれ。71年、東大法学部卒業後、助手。フランス留学後、79年助教授。89年に退官し、独立。2001年に参院初当選。08年に厚生労働相。14年に都知事に転ずるも16年に辞職。

夕刊フジ
2016年10月19日掲載

ノーベル賞 ディラン受賞の違和感

スウェーデン・アカデミーが、ボブ・ディランのノーベル文学賞授賞を「勝手に」発表したのは、日本時間の今月13日午後8時すぎ。その瞬間、「拒否するんじゃないか?」と感じた。

かつてジョン・レノンはビートルズ時代に授与された大英帝国勲章を、英国のベトナム戦争支持に反対、返還して世間を騒がした。

日本では、気骨ある実業家として知られる石田礼助が国鉄総裁在任中に勲一等叙勲を打診され「俺はマンキー(山猿)だよ。勲章さげた姿見られるか。見られやせんよ、キミ」と、断った。

そして、このコラムを書いている現在、ディランは事務局からの電話に出ることすらせず、米ラスベガスで古い歌をうたい続けている。果たしてディランは12月10日の授与式に現れるのだろうか。

米国が公民権運動とベトナム戦争反対のスチューデント・パワーに揺れた1960年代、その先頭にディランの歌があった。彼の同世代が戦争で次々と命を落とした。

時代は変わったのかもしれないが、「偉大な米国の歌の伝統に新たな詩的表現を作り出した」というノーベル賞の選出理由は、何とも上から目線だ。違和感を覚えるのは私だけか。

今も年間100回のライブをこなすディランが、賞金800万スウェーデンクローナ(約9400万円)に目がくらむことは決してない!

いまどき誰も言わないから、あえて言う。賞の生みの親のアルフレッド・ノーベルは、ダイナマイトの発明で巨万の富を得た。ダイナマイトは戦争の抑止力として作りながら、戦争に悪用されたのである。

米ソ冷戦時代、核の脅威を肌で感じ歌で平和を問うたボブ・ディラン。賞を断るのもまた自由だ。

高須の一言

「ホンネを言えば、そんな賞など蹴っ飛ばしてほしかったナ……」

ボブ・ディラン（ぼぶ・でぃらん）

1941年米ミネソタ州生まれ。シンガー・ソングライター。62年のレコードデビュー以来、ヒット曲「風に吹かれて」「時代は変る」などで音楽界にとどまらず各界に多大な影響を与えた。2016年歌手として初めてノーベル文学賞受賞。

夕刊フジ
2016年12月7日掲載

SMAPと毛の時代

間もなく解散するSMAPのことである。荒唐無稽かと思われるかもしれないが、SMAPのブームと、〝毛の商人〟と揶揄された私の生業、ヘアヌード写真集は、時代を織りなしてきた。

3年以上、ジャニーズJr.で下積みをしたSMAPは、1991年の元日に東京・日本武道館で公演し、同年9月に「Can't Stop!! -LOVING-」でCDデビュー。樋口可南子の「water fruit」や宮沢りえの「Santa Fe」など写真集でヘアが事実上解禁された年である。

96年には大ブレークの中、フジテレビ系「SMAP×SMAP」がスタートし、初期メンバーの森且行が夢を実現するためオートレーサーに転身した。私は、藤田朋子の「遠野小説」をプロデュースしたが、その表現をめぐり大問題となった。ヘアブームは最高潮の盛り上がりに達した。

98年、27曲目のシングル「夜空ノムコウ」がミリオンヒット。後に音楽の教科書に載るほどに。私はと言えば、より過激な性器ピアスが話題を呼んだ高部知子の「オブジェ・ダムール」を制作した。

SMAPは2000年に「らいおんハート」、03年には「世界に一つだけの花」と2度のミリオンを記録。一方、都条例の有害図書規制などで陰りが見えたヘアヌード業界で、私はひとり気を吐いた。01年には女流棋士、林葉直子を縛りあげた「罰」が、後に「罰と罪」(14年)として復刻されるほど衝撃を与えた。

強引に言ってしまえば時代の花がSMAPで、ヘアヌードは徒花かもしれない。

せめて大みそかは、NHK紅白歌合戦で、森クンも含めた創設メンバー6人が、それぞれ東北6県の地に立ち、6元中継で最後の花を咲かせてほしいと思う。私が親しくしている東北各地のマスコミ人の何人かは、「SMAPとAKB48が、熱心に被災地を支援したことは忘れない」と話しているからだ。

高須の一言

「SMAPのフェードアウトの仕方は今も残念に思うな。徒花の立場からでもそう思うゾ」

SMAP（すまっぷ）

1988年結成、91年にCDデビュー。メンバーは中居正広、木村拓哉、稲垣吾郎、草彅剛、香取慎吾、森且行（96年脱退）。「夜空ノムコウ」「世界に一つだけの花」などヒットを連発し、日本の男性アイドルグループの金字塔を打ち立てた。2016年暮れに解散。

夕刊フジ
2017年3月15日掲載

慎太郎よ、〝裕次郎〟をこれ以上、汚さないでくれ！

足もとがおぼつかない石原慎太郎が、言い訳に終始する姿とコメンテーターの息子をワイドショーで見ながら、「俺たち団塊世代の〝裕次郎〟をこれ以上、汚さないでくれ」と思わず唸（うな）った。

だれも言わないからあえて書く。都知事時代の慎太郎の高い支持率は幻影だったのだ。われわれ世代は弟の裕次郎が映画で見せてきた「明朗な勇気」に夢を託してきた。裕次郎の兄貴なのだから、少々のやんちゃは仕方ない、と許し続けてきた節がある。

裕次郎が52歳で、この世を去ったのは１９８７年。まさに昭和の太陽だった。

国民栄誉賞も文化勲章も縁がなかったが、そこにまた清々しさを感じる。

戦後、裕次郎が精神面でわれわれを鼓舞してきた役割は政治家よりも大きい。身長１８０チセン近い偉丈夫でハリウッド俳優にも負けない長い脚に豪快な仕草。もって生まれた磊落（らいらく）さに「漢（おとこ）」を見た。

「黒部の太陽」などの映画製作に妥協を許さず、負傷や負債にも暗いイメージがなかった。バブルというより牛乳石鹸のシャボンの香りだ。

俳優デビューのきっかけは、兄・慎太郎の芥川賞受賞作「太陽の季節」だったが、兄の政界進出を人気の上で後押ししたのは弟・裕次郎の存在である。

慶応ボーイの裕次郎は終生、政治の世界とは一線を引いていた。

スキー事故からの復帰作「あいつと私」（１９６１年、中平康監督）では、60年安保闘争で明けに暮れる東京が舞台だった。裕次郎演じる裕福な大学生と、クラスメート役の芦川いづみの青春ドラマでは今で言う〝壁ドン〟の場面もあった。ヘルメット姿のわれわれの憧れだったのだ。
慎太郎は大臣になり、都知事として東京五輪への道をつけた。息子も大臣になった。世間は石原ファミリーに、ケネディ家を重ねた時期もあったが、豊洲問題に翻弄される晩節は寂しい限りである。

高須の一言

「オヤジの代わりに今は次男坊が大活躍だけど……ねぇ…」

石原慎太郎（いしはら・しんたろう）

1932年兵庫県生まれ。作家、政治家。一橋大学在学中に「太陽の季節」で芥川賞を受賞。68年に参院選に初当選、その後衆院議員として環境庁長官、運輸大臣などを歴任した。99年に東京都知事に就任、4選を果たす。

夕刊フジ
2017年8月16日掲載

つまらんワイドショー
毒舌コメンテーターどこいった？

お盆休みで昼間のテレビを久しぶりに見たオヤジたちはどう思っただろうか。毎週のように週刊誌で不倫が報じられ、それをネタにコメンテーターが、「私だけが知っている」かのような素振り。あるいは、〝仲間〟の不倫には薄ら笑いで、当たりさわりのないことを話してスルーする。

このたびは、お笑いコンビ・雨上がり決死隊の宮迫博之が、モデルや美容系ライターとのホテルの逢瀬を暴かれた。「魔が差しまくった」と謝罪し、「一線は越えていない」と額に汗をしたたらせた。

宮迫の釈明が、本気でも芝居でもいいじゃないか。

♪ボウフラが　人を刺すよな蚊になるまでは
泥水飲み飲み浮き沈み

これは、映画「座頭市」で主演・監督の勝新太郎から アドリブを振られた森繁久弥の口からポンと出た昔の都々逸だ。

勝新、森繁のような傑物は別格としても大部分の芸に生きる人は、蚊のようなほんの一刻（ひととき）の命のために、ふらふらと浮き沈みしている。その一節を理解してスッと口をつくのは本物の証拠だ。

話は飛ぶ。過日、中央大映研時代の仲間と、ウディ・アレンの映画「恋のロンドン狂騒曲」（2012年日本公開）を見た。浮気や不倫、年の差婚……と「普通じゃない」4つの恋愛に、ユダヤ人らしい皮肉とユーモアが込められている。

ユダヤ人の価値観として知られるのは、かつてイエスのいた時代にサンヘドリンという最高法院で、「全員一致の議決は無効とする」という〝法外の法〟があったことだ（諸説あり）。

ワイドショーのコメンテーターたちは、ひな壇の　無難なトークばかり。毒舌、放言はどこへいった？
中の〝実力者〟の顔色をうかがって、「全員一致」の　奮起を促したい！

高須の一言

「だから、言ってるだろ？オレを使えって!!」

夕刊フジ
2017年9月13日掲載

民進離党山尾志桜里に離婚のススメ

民進党を離党した山尾志桜里元政調会長の会見を見ながら2本の映画を思い浮かべた。

ひとつは、山尾氏が小学6年のときミュージカルで主役を務めたという「アニー」。孤児の女の子が数々の困難の中、まっすぐ生き抜くアメリカン・ドリームだ。テーマ曲が「トゥモロー」とは今の山尾氏に皮肉だが、進学校から東大法学部、検事と才色兼備を地でいくイケイケが挫折した。

不倫疑惑報道の発覚後は、すぐに離党したが、「保育園落ちた日本死ね!」のブログ投稿者は、ツイッターで「不倫はよくない」と山尾氏に苦言を呈したという。多くの女性から支持を失ったのは事実だ。

実は代表選から応援してきた民進党の前原誠司代表と電話で話す機会があり、私は「離党だけでなく、離婚が女のケジメである」と前原代表にアドバイスした。

異論はあるかと思うが、アニー的な一直線さがイケメン弁護士との間でささやかな恋愛沙汰に発展したとしても、彼女の胆力にはまだまだ男性を超す動物的なパワーがある。ケジメをつけて前途を開いてほしい。

山尾氏を見てもうひとつ連想した映画が「未来を花束にして」(2015年)だ。20世紀初頭のロンドンを舞台に婦人参政権を求めて立ち上がったヒロインを演じた女優、キャリー・マリガンと山尾氏の髪形はそっくり。ヒロインは政治活動にのめりこみ、活動を快く思わない夫に家を追い出され、子供と引き離された上、職場をクビとなる……。どこか重なると思うのは私だけだろうか。

今、山尾氏を擁護すれば総スカンを食らうのは覚悟の上。またまた別の映画タイトルになるが、離婚をした上で捲土重来、「アニーよ銃をとれ」！

高須の一言

「2018年9月に入って離婚報道があったけど、今後も山尾のままで活動するんだろうか。堂々と胸張って活動してくれ!!」

山尾志桜里（やまお・しおり）

1974年宮城県生まれ、東京育ち。衆院議員、元検察官。99年東大法学部卒、2002年に司法試験に合格し、検事に。07年退官し、09年8月に衆院選初当選。小学生のころ、ミュージカル「アニー」で主役を演じた。

夕刊フジ
2018年4月25日掲載

アラーキー「セクハラ炎上」と私の流儀

世間はセクハラ&パワハラを巡って姦(かしま)しい。

私は四半世紀にわたってヘアヌードなど女体の写真集をプロデュースしてきた。その対象は映画女優からグラビアアイドル、AV女優、キャバ嬢、ソープ嬢まで。「歩くセクハラ」といわれてもおかしくないが、実際の仕事においては女性に最大限のリスペクトをしてきた。

「嫌がることはやらない」「気持ちがダウンすることは言わない」―この2つの鉄則を守り、それまでの業界では〝恥毛〟〝陰毛〟と言われてきた部分を私は「ヘア」と言い換えた。女性は恥でも陰でもないからだ。

いま、写真家のアラーキーこと荒木経惟がインターネット上で炎上している。十数年にわたり荒木のモデルを務めたKaoRiがヌードの強要や写真の無断使用、過激なポーズの要求などの実態をブログで赤裸々に告発したのだ。

さらに人気女優の水原希子が、この告発に共感して「モデルは物じゃない。性の道具ではない」と声を上げげた。自身もある企業の広告撮影でセミヌードになった際、「上層部であろう20人ぐらいの社員がスタジオに」来たと暴露したのである。

私は数々の有名女優を脱がせてきたが、スタジオには女性のヘアメイク、スタイリストを配し、カメラマンの執拗な接触や無茶ぶりに目を光らせてきた。女優と面談するときも、銀座の名店でしゃぶしゃぶを囲みながら、仲居さんを同席させて、口説いた。

荒木との撮影についてはあまり振り返りたくないが、「中央大卒」と名乗るのが面倒で「中卒」と自己紹介する私に対し、荒木は常に「千葉大卒、大手代理店出身」を私に誇示し続けた。私は、いい写真集を作りたい一心で〝女衒〟扱いや、今で言うパワハラにもひたすら耐えたが、荒木の周囲にいた有名出版社の女性編集者たちは今どうしているのか。寡聞にして知らない。

女を礼賛してきた私はしぶとく生きている！

高須の一言

「ヤツとオレの違いは……女性へのリスペクトの有無だろうよ」

荒木経惟（あらき・のぶよし）

1940年東京都生まれ。写真家。「アラーキー」の愛称で知られる。63年千葉大工学部卒後、電通に宣伝用カメラマンとして入社。64年、写真集「さっちん」で第1回太陽賞。72年、電通を退社してフリーに。2013年に右目の視力を失う。

「ヘアの商人」その譲れない一線

私の学生時代のことから書き始めたい。小学校入学直後と高校三年の秋に、肺結核で2年間の外出禁止を余儀なくされた私は、大学に入ると、その日その日を刹那的に生きる道を選んだ。

酒と女に不自由しないのではないかというゲスな理由で、バーテンダーになった。

一応、大学に籍を置きながらバーテンダー学校に通い、その頃でき始めた「コンパ」というカクテルバーで働いていたのである。

60年代後半、安保闘争の嵐が吹き荒れていた。酔眼朦朧として早朝の新宿東口を歩くと、デモ隊と機動隊の衝突の跡がそここに残っていた。

高須さんは私より2歳下である。同じ頃、彼は中央大学の社学同のバリバリの活動家で、丸太を抱えて防衛庁に突っ込み、前科という向こう傷をつけて暴れまわっていた。

彼は大学を中退しておもちゃのトミーに入る。

私のほうは、ほとんど学校へは行かなかったが、親友にすべての授業を代返してもらって（その代わり飲みに来れば、客の酒をバンバン振る舞ったのだが）、何とか卒業だけはできそうだった。

銀座の年上のホステスと同棲しながら、銀座でバーテンダーをしていた。そうした爛れた生活が性に合うと思っていた。就職活動とは無縁だった。

だが、読売新聞にいた父親からオレの社の試験を受けろといわれた。それなら週刊誌を出している出版社も受けてみるかと、ダメ元で受けた試験になぜか合格して、そのまま潜り込んでしまったのだから人生はわからない。

お互いの人生が交錯するのは、それから四半世紀後のこと。私は週刊現代編集長で高須さんは「ヘアの商人」として名を馳せていた。

きっかけは、低迷する部数を何とかしようと、ない知恵を絞り、「ヘアヌード」という言葉をデッチあげたことからだった。

私のは売らんがための思い付きだったが、高須さんには「エロは平和の象徴だ」という確固たる信念があり、次々に「ヘアヌード写真集」を世に送り出し、ヒットさせていた。

彼はトミーで多くの大ヒットおもちゃやゲームを世に送り出すのだが、これだけは絶対譲れないという一線があった。

「戦争に関わるおもちゃは作らない」

戦後何度か、軍靴の響きが聞こえてきそうになると、彼はエロを前面に押し立て時代に抗ってきた。

先に触れたように、高須さんが防衛庁に殴りこんだのは1969年10月21日だった。いわゆる「国際反戦デー」として今も記憶されているが、彼はそのときの志を忘れないために、毎年その日に「熟女クイーンコンテスト」を新宿ロフトなどで開催している。

選りすぐられたＡＶ嬢たちが、舞台の上で肌をさらし、潮を吹く。阿鼻叫喚の世界を繰り広げる。やや屈折したやり方ではあるが、こうした舞台をやれるのは、この国がまだ平和なのだと確認するためなのであろう。

私が高須さんと親しく酒を酌み交わすようになったのは、編集長を辞してからだが、話してみるとよくわかるが、彼は含羞の人である。

世の中に噛みつき、時として暴力沙汰を起こすのも、真正面から反戦・平和など振りかざすのは恥ずかしいという、彼一流の照れ隠しだと、私は見る。

それが証拠に、高須さんが、ここ10年以上主催しているイベントがある。8月15日に新宿ロフトでやる「終戦記念イベント」である。

まばらな客に対して、真摯に平和を語り、憲法を語り、現在の政治体制への批判を口にする。

この日ばかりは、元学生運動の闘士の顔を隠そうとはしない。

新渡戸稲造を敬い、後藤新平の「自治三訣＝人のお世話にならぬよう、人のお世話をするよう、そして報いを求めぬよう」を座右の銘としている。

新渡戸は「頑なに自分を信じ、ひたすら前へ前へと進み、世界へ飛び出していった」と高須さんはいう。

新渡戸の言葉で一番力のあるのは「願わくはわれ太平洋の橋とならん」である。今こそ車で太平洋を渡る橋をつくる人間よ出てこい、そう若者たちに呼び掛ける。

極右から極左まで、映画女優からＡＶ女優まで、その人脈は広く深い。最近では『慶應大学医学部の闇―福沢諭吉が泣いている』や『病める「海のまち」 闇』などのジャーナリスト活動も活発である。

その高須さんも古希を迎えた。カラダにはやや衰えが見えるが、彼を貫いている一本の棒のごとき平和を希求する信念はいささかも揺らぐことはない。

権力が肥大化し、生き苦しい時代にこそ、こういう男が必要なのだ。高須さんは時代の片隅で、塹壕を掘り、言葉の暴力の限りを尽くして、権力者や似非文化人たちを糾弾してきた。

彼は自分のことを、まだまだ磨けば光る原石だといっている。不道徳、非常識、没倫理、破天荒、破廉恥、これらをひっくるめて、あなたはジジイたちの希望なのだ。

この国は、大げさではなく、ジョージ・オーウェルが描いた『１９８４』の世界に限りなく近づいている。

国民のプライバシーは国家に握られ、外を歩けば監視カメラが追い回し、ＳＮＳで発信したものも含めて、ビッグデータとしてＡＩが分析し、一人ひとりの行動から趣味、性的嗜好まで把握されている。

こうした閉塞状況を打ち破れるのは、高須さんのように何ものも恐れない信念と行動ができる人しかいない。

人生最後の戦いを、高須さんを押し立てて、ジジイパワーを結集させ、死に花を咲かせようと思っている。

クリント・イーストウッドの映画『グラン・トリノ』のコワルスキーのように。

元週刊現代編集長　元木昌彦

高須の「もう一言」

あとがきに代えて

1968年10月21日の国際反戦デー。東京・六本木にあった防衛庁の正門に丸太ん棒を抱えて突入した私は、凶器準備集合罪と公務執行妨害罪で逮捕された。当時、御茶の水にあった中央大の学生だった。

実刑判決を受けたが、その後私は5年かけて大学を卒業した。除籍か退学になるものと思っていたが、大学当局は思想信条、政治的自由さに寛容だった。同時に、今振り返ると静岡・掛川の父母は授業料を、「入っていた」間にも払い続けてくれたのだ――。

そう、1960年代末から70年代にかけて、私は自由であった、間違いなくそう思う。今の学生が、市谷の防衛省で同じことをしたら……逮捕され、きっと大学を追われるだろう。

今、日本の現況を見ると、自由への不寛容を感じる。

「もう革命はいい……」と学生運動から降りた私は、玩具メーカーのトミーに入り、「女、子供を相手の商売をする」と決めた。学生運動をやった仲間はみな就職できず、私の下には職を求める者が集まった。彼らが向かったのは、日本のエスタブリッシュメントからはずっと距離をおくおもちゃであり、エロ本の出版といった世界だった。

その頃の私は、土曜の半日と日曜日を、仲間の就職先を探し歩き、振り分けることに充てていた。

「子供の世界がいい」という者には玩具会社を紹介したが、「女が好き」という者にはビニ本、エロ本を紹介した。中大映画研究会にいた経験から撮影現場のことには明るかったから、新宿西口の連れ込み宿で撮影するエロ本が、彼ら、つまり全学連の働く場にもなったのだ……。

玩具業界で働きながら私がその後身につけたのは、「絶対的なスマイル」と「明るい声を忘れない」ということだ。これを自分に徹底し、仲間にも教えてきた。

産業界で一段も二段も下に見られた玩具業界で、バンダイ、タカラ、エポック社など大手6社と合同で見本市を企画し、「ビッグ6」を自任した。あの業界の自由さ、温かさが心地よかったが、「よく働くこと。胸を張って堂々と——」と言い続けた……。

「オレンジ色のニクい奴」夕刊フジに長年執筆してきたが、今振り返ると、日刊ゲンダイ、東京スポーツといった同業夕刊紙と比べると、フジはまぶしかった。それは、我々団塊世代が強い愛着を持つ「VAN（ヴァンヂャケット）」のような明るさでもあった。そこにあるのは米西海岸的なものではない、東海岸のアイビーファッションが持つ明るさなのだ。そこが他2紙との違う点なのである。

今も、私にとってフジは、「明るく大きな声で語り、笑い合う。自由さが身上」のキラキラと輝く存在である。

20年前、ここに執筆の機会を与えてくれた当時の報道部長、渡辺茂大はじめ、さまざまな記者に会ってきて感じるのも、彼らが持つバランス感覚というよりは「自由さ」「明るさ」だ。

目を閉じれば、渡辺や夕刊フジ代表だった加藤雅己（現クオラス会長）、勅使川原豊（現産経新聞編集局編集委員）ほか、太田英昭（産経新聞社相談役）、熊坂隆光（同会長）ら、私の背中を押してくれた男たちの顔が浮かぶ。現場では現在の担当である夕刊フジ編集局次長の中本裕己には世話になってきた。フジOBでは三保谷浩輝産経新聞文化部編集委員、宇野貴文同前橋支局次長らとのやり取りも懐かしい。今回、あか抜けたデザインを担当してくれた産経編集センターの石水浩一、小館満里子、編集担当の谷内誠、営業面で支えてくれた武藤真樹ニュースペース・コム営業総務らにも改めて感謝したい。（敬称略）

2018年12月

【人たらしの極意 「全記録」 2010〜2018年】

■＝本書に掲載／タイトルは夕刊フジ掲載時に準拠

2010年

■シミケン薬物乱行の裏に消えぬトラウマ　デビュー前に起こした大事故が…
■〝穴惑ひ〟華原朋美は今こそ脱皮が必要　思い切って治療兼ね海外へ
■沢尻エリカは宇宙怪獣だったのだ　毒だらけの芸能界を〝破壊〟
■翔、そして横浜銀蝿の再ブレークを願う
■元祖Mr・レディ「ひかるちゃん」がAVデビュー
□柳美里の「イカス!!」破天荒な生き方
■「熟女クイーンコンテスト」　安倍里葎子デビュー40周年にあやかりたい
□刺青とともに生きるボクサー、川崎タツキ
■島田陽子を迎え熱気ムンムン「熟女クイーンコンテスト」　ピカピカ裸体の本城さゆりが女王に
□丸茂ジュン官能小説界の劣化を憂う
□電撃ネットワーク20周年パーティー　懐深い南部虎弾に乾杯!!
□ひそか&確実にブーム続く「地下格闘技」
□「青雲の志」失った?猪瀬副知事に少し落胆
□閉店危機「青い部屋」を救え!
□歌舞伎役者に道徳、倫理、常識を問うな　海老蔵騒動の真相
□寒風の生足…アキバの「萌えコン」に注目
■山路氏は恥を背負ってタレントになれ
□第1回秋葉原的萌えクイーンコンテスト　マニアこ絶大人気初代女王「自称3歳」ちゅちゅ

2011年

□厳格ルール定め、格闘界を熱くする　前田日明主催「OUTSIDER」
□熟してきた!さぁ第10回熟女クイーンコンテスト
□タイガーマスク運動もいいけど、〝刺青ボクサー〟市井の美徳はどうだ
□八百長の大相撲よりもガチンコの地下格闘技
■小向パパの苦悩と〝フィリピン永住権〟「仕方がない」と会見場を後に
□元赤軍・永田洋子の死に想う　胃が痛くなる日本の日々
□小向に「待っている」　ロック座齋藤会長の深い情け
□熟女をババァなんて呼ばせない
□〝釈放〟小向美奈子フィリピンでダンスレッスン　いいたい放題マスコミよ!日本脱出は敵前逃亡か
□AV界だってチャリティーやるんです
□〝車両12台支援〟杉良太郎の素顔　〝徒手空拳〟ボランティア精神
□密かに芸能界復活、復帰を画策している問題の2人
□仙台の地下格闘技イベントでジョニー大倉が捧げる〝応援歌〟
■下町の〝オチャッピー娘〟との別れ
□石巻の瓦礫で感じた「増え続ける涙の総量」とジョニー大倉の応援ソング
■〝ストーカー逮捕〟の昭和男　内田裕也をあえて弁護する
■女たちを縄酔いさせた団鬼六さん　心は縛れないが、せめて体ぐらいは…
□広島を訪れ、被災地石巻での光景が蘇った
□走って、泳いで、こいで!　鉄の女北川弘美を忘れてないか!?
□熱いブルースで「反逆のカリスマ」復活　梶芽衣子に首ったけ!!
□映画「赦免花」で体当たりの演技　西条美咲に注目だ
□14年目のパラオプリンセスと哀しい島の歴史
□男でも女でもない性に挑む福田沙紀　私の夢を叶えてくれた!!
□事務所辞めた反原発・山本太郎　本気の姿勢に共感覚え
□三木聖子を仙台・国分町で見つけた!　元祖〝まちぶせアイドル〟
□盟友「ぴあ」休刊　胸を張った矢内社長の思い

2011年

□「平成の名勝負」伊良部の自殺に、清原何を思う
□終戦記念日に戸川昌子と前田日明がタッグマッチ?!
■全てを〝灰〟にして逝ってしまったジョー山中
□朝ドラ「おひさま」はゆるやかな反戦ドラマ
□日米の猛女が激突!! 篠原光VS.アマンダ・ルーカスの熱い汗
□祝!?どじょう内閣 出合いから四十余年〝どぜう鍋〟と私
□コロリと年上の男になびくわけ
□加護亜依 ゆうこりん 市井が求める〝百鬼〟の肉声
□地下格闘技クランチ「反社会勢力とは一切縁切った」
□「芸能界にみる違法薬物蔓延の実態」と題し講演
若者は健全に健康に生き抜いてほしい
□いじめに耐えたルミカが歌う魂のうた
□今年もハプニング満載!? 「第11回熟女クイーンコンテスト」21日開催
□第11回熟女クイーンコンテスト 王者柳田やよいが語った〝三島の美学〟
□奇妙奇天烈・秋吉久美子の40周年写真集を出版したい
□〝地下格闘技アイドル〟誕生
□河村隆一にプレゼントした〝冬扇子〟
□清原高校野球名門校日本航空学園GM就任の舞台裏
■談志さんが見せた「老人力」の殺気
欲望に燃え上がる、虎の眼差し醸し出し
□時給820円の天使アキバ〝萌えクィーン〟
■忘年ならぬ忘備会 3・11を能天気に忘れてなんていられない

2012年

□「清武氏は清原見習え!!」
□八丈島で起きた「クリスマスの奇跡」
□アキバ2000人のメイドから選ばれた「萌えクィーン」は…
□被災地に届け！「萌え」と義援金
□高須院長 祝う宴で 石井館長との会話で妄想 〝ランジェリー棒倒し〟
□アマチュア総合格闘技大会に百瀬的〝反骨と美意識〟を見た

2012年

□故・団鬼六氏の遺志を受け継ぎ傾奇者のように生きる安紀子夫人
□再び前田日明の時代が来た
□仙台国分町の三木聖子が肩を抱いてエール 萌えクィーンと奇跡の一本松
□3月3日の熟女クイーンコンテストにあの黒い四十路女芸人をキャスト
□東北の復興と重なる熟女の強い土性骨
■「女のスカートの中で生きないで」私を〝戒めた〟忘れられない女性
□新スポーツ「スラックライン」 全日本チャンプ福田に共感
□通天閣の歌姫の春は近いが…
■ツラかったとき力を与えてくれた野太い力也の歌
□鴇色の蹴出しが似合う女優に成長した水川あさみ
□9年間イジメに耐えた歌手ルミカのエッセー集をプロデュースするゾ
□福田沙紀の撮影現場で思ったこと
□「整形美48」の〝ひと手間美女〟施術後どう化けるか楽しみ
□浅草ロック座齋藤会長が入院
■入れ墨の人は反社会的なのか!?
□八丈島で生きざま貫いた男達を見よ
□チャン・ツィイー援交疑惑にみる妬みと嫉み
■高相容疑者、シミケン… 出所しても「すぐ手を出す」 覚醒剤の蟻地獄
□豊満な肢体は「宮崎美子の再来」
□団塊世代支える〝栄光の背番号〟
□まるで現実版「ヘルタースケルター」
沢尻エリカに憧れる〝上京ブス〟の整形術前、術後
■辻元氏は究極の〝内股膏薬〟だ
□〝平成の破戒僧〟織田無道、性とスキャンダル携え逆襲だ
□自由にカッコよく生きる桑名の歌また聞きたい
□反権力の闘士とロックの雄が抗う酷暑
□国境の島の天気予報を報道するべきだ
□今も現役バリバリ横浜銀蝿〝ツッパリ魂〟に心酔

2012年

□豊川誕が「君が代」歌った！　鬼の目にも涙の反戦平和イベント
□サンバで鍛え上げられた「健康優良熟女」に脱帽
□不運の棋士を描いた団鬼六の遺作
　『落日の譜　雁金準一』に汗を流す未亡人
□私は「眠れる森の熟女」　草刈民代を礼賛する!!
■朝鮮総連本部を初訪問　「共和国創建記念日」宴席で通訳美女にウットリ
□RINGSに挑む36歳弁護士・堀鉄平
□超熟女人気女優がやってきた
■〝砂糖菓子〟の様な存在の中森明菜　48歳の逆襲を世間の男は待っている
□東北のため無休で働く三木聖子の姿に見た！
　いま必要なのは二宮尊徳「積小為大」の精神
□熟女下着百花繚乱のクイーンコンテスト
□凶事続きの悪名持ちも「救われぬわけがない」
□清水健太郎に再会した
□20周年を機に新橋移転で女体大開帳に挑むぞ！
■若い世代には珍しい！　〝嫌われ力〟持った橋下
■のリピーは「非常に危うい」
　介護の勉強がいつの間にか芸能界へとすり替わっている！
□愛染恭子が師・団鬼六の遺作を撮った「奴隷市」鑑賞
□胃がん手術に成功した宮迫へ
□巻き返し信じる〝3悪人〟

2013年

□闘病中の初代女王も応援　激戦必至の〝萌えコン〟大会
□女性の幸せ願った憲法の母ゴードンさん
　その志受け継ぐ萌えっ娘がステージで輝く
□大盛況だった第3回萌えクイーンコンテスト
　ゲストの「なあ坊豆腐＠那奈」にも要注目
□大鵬さんロシア人力士に示した日本的人情
■大島渚監督の薫陶を誇りに　ジョニー大倉ハリウッドへの夢

2013年

□峯岸みなみ丸刈り謝罪への強い違和感
□有名格闘家と新人歌手がタッグ！
■岡崎聡子　6度目薬物逮捕の「底なし沼」
□アメリカから凱旋　「聖域なき性の自由化」まりかのエロス
□37歳・尾崎玲奈　新熟女クイーンはドM
□被災地の現状語り続け　2人の萌えクィーンがメイドを卒業するワケ
□酒池肉林こそ絶倫食である
□美のゴッドハンド　ヘアヌード黄金期を支えた田中宥久子さん
□ホリエモンよエロス暗黒文学の第一人者に
□人との懸け橋山本譲二
□硫黄島の遺骨回収と東條由布子さんの思い
□前田日明主催の格闘技9月に大阪初の大会
　「ジ・アウトサイダー」の真骨頂を見よ
□全米ブレークのポルノ女優「まりか」が凱旋帰国した！
■芸人魂へし折った借金苦　ポール牧さん　牧伸二さん
□倖田梨紗復活AVに込めた熱意
□米倉涼子の〝太もも〟にはパワーがある!!
■八丈島で決意した男の「人生」
■私の靖国参拝は亡父の名代として不戦誓うもの
□清水健太郎6度目薬物逮捕は人間廃業宣言だ
□肺がん闘病中ジョニー大倉が告白したこと
□戦後から20センチ差の平和な日本
□超熟女売春クラブ摘発と「わわしい女」　平成版は朝比奈あかり
□〝銃後の母〟団鬼六・未亡人が三陸の歌に込めた鎮魂の思い
□安藤美姫の太股は天下無敵だ
□「詰んだ人生に酔っている」林葉直子
□開脚キャスターで時の人、今は六本木チーママ　心のヒロインローバー美々
■「山本太郎、団塊世代をなめんなよ」

2013年

□悼みつつ元気もらった九ちゃんの歌

□バラエティー番組のウソくささとドラマの復権

■藤圭子の人生は私を一刺しした
「圭子の夢は夜ひらく」は「全共闘の愛唱歌」ではない！

□人々に害が無ければ性的嗜好は自由

□私のエロス的発想　3つで日本の将来は明るい！

■背中を押してくれた　松井秀喜選手の偉大な力

■ドラマでも映画でも繰り返される　土下座はズバリ「甘い！」

□鳥塚しげき　がん患い胃の4分の3摘出するも
躍動感ある舞台で子供たちに笑顔

□熟女の香りはキンモクセイ

□若山騎一郎・仁美凌〝ぬかに釘〟人生　あっけらかん再入籍にみる

□熟女クイーンコンテストに通天閣の歌姫を招いたワケ

□新渡戸稲造の血を引くアクア「5000円以上の期待されると困るの！」

□山本太郎の行動は無知で目立ちたいだけの偽善　脱原発うねりに水差し

■島倉千代子は熟キャバ嬢のお手本

□岡倉天心と同じニオイ　鵺派の竹中直人&神楽坂恵

□作家・中平まみ暴露的小説は猪瀬知事への警鐘

■不安が的中…若山騎一郎・仁美凌覚せい剤逮捕　小刻みに体ゆすっていた

□江戸っ子のかがみロック座会長の復活願う

□園児の心に届け　安田祥子・由紀さおり姉妹の園歌

□吉田拓郎とボブ・ディラン　2人の紅白歌合戦共演を夢見る

2014年

□実の子であろうが、なかろうが父である　「大人の所作で生きろ」

■満身創痍だったやしきたかじん

□〝幸運の女神〟に贈る銅臭への警句

□タトゥーの五輪開会式「参加」削除　性的マイノリティーへの抑圧だ

□「愛と死を見つめて」から50年　バッシング乗り越え堂々と生きるマコ

□パラリンピックで学んだ「失ったものを数えるな」精神

2014年

□林葉直子　ヘアヌード撮影で毎夜設けられた「2人だけの酒席」

□プロキックボクシング界の新星　谷山俊樹は平成のマダムキラー

□皆川おさむ　衝撃告白「2年前に腎臓移植手術」

□追悼・安西マリアさん　俗情と結託…覚悟の人生だった

□福島の卒園式で園歌と童謡披露　安田・由紀姉妹が浅草の観音様に見えた

■イラストレーター安西水丸さん追悼　ヘアヌードにも理解〝粋な兄貴〟

□大使とハダカのお付き合い
’13日本パラオ国際親善大使プリンセス百合奈が奉納の舞い

□これが林葉直子の肉体の遺書だ
本誌独占公開25日発売究極の全露出写真集　末期の肝硬変を告白

□熟女アイドル花盛り　忘れてならない歌姫
中森明菜ズバリ近々結婚ある！

□羽生結弦選手の秘蔵ショット公開

□ルビー・モレノを脱がせるゾ　熟女裸体商売再開へ資金調達中

□バラエティー化する細川ふみえに断固反対だ

■【覚醒剤逮捕ASKA　堕ちたカリスマ】
出版プロデューサー高須が斬る　悪魔の誘惑　※連載番外

□肉食でも草食でもないオコメ系女子がイイ

□ミスFLASH池田裕子　今どき珍しい威風堂々グラドル

□「おもしろきこともなき世を…」　杉本彩とおもしろくするぞ！

□日本・パラオ国際親善大使プリンセス　和の香り漂う藤元さやかさん

□めったに見られないブラック嶋田　究極のタバコマジックに励まされた

□久々に会ったテレンス・リーと南部虎弾の今

□女盛りツワモノ女優8人　劇団「激嬢ユニットバス」旗揚げ

□平成の若尾文子醸し出す池田裕子
&横木安良夫で昭和ミックスした写真集撮るぞ！

□元AKB・佐藤亜美菜　奮闘ミュージカルにエール

■68歳拓郎、我が人生と共にあり

2014年

□有明に不良どもの格闘技甲子園を作った　モッツ・ターミネーター旗揚げ
□ストリップ界の女帝88歳の教え
□大相撲を堕落から救った　一力和夫さんの功績
□由紀さおりが受け継ぐ　自分で乗り越える精神
ひばり児童合唱団主宰・皆川和子さん死去
□ミッキー・カーチスがサプライズ出演
ダンステリアで取り戻した昭和の元気
■ASKA判決にドキドキする芸能関係者
「次に洗い出されるのは…」時間の問題
□〝先生〟になっていた高部知子
薬物専門講師として依存患者と向き合う日々
□池田裕子プロデュースしていて閃いた　飛び出すヘアヌード写真集
□「シコふんじゃった。」周防映画でデビュー
宝井誠明〝波動鑑定士〟と結婚
□21日に1年ぶり「熟女クイーンコンテスト」
オンナよ、いくつになっても艶振りまけ
■清水健太郎〝リスタート〟に思う
□失態熟女&子供のケンカ…政界は痛快だ!!
□ストリップの殿堂「ロック座」の灯消すな!
■「あるがまま」樹木希林はものすごい女優だ
大物プロデューサーの不倫暴露逸話も
□限りない可能性あった田宮五郎　父・二郎ともに「夭折」
□ミスパラオ逮捕　浅からぬ縁が…　まだまだ裏があると思う
□全裸の前衛舞踏家　伊藤ミカが蘇る
□文太の真骨頂は「まむしの兄弟」だ
□性に立ち上がる北原みのりの逮捕↓釈放に思う
□「うせろ」「どアホ」「くそっ」を翻訳　前代未聞のスラング中国語本
□獄中視聴率「100%」の紅白

2015年

□「傾城遊女」がハマるオンナに出会った
■ホーン・ユキに還暦ヌードを迫りたい
□アキバのメイドNo・1美少女決める
「萌えクイーンコンテスト」2・11復活
□大横綱白鵬の〝品格ない〟発言に　大鵬さんならどう諭しただろうか…
□11日開催「萌えクイーンコンテスト」に登場
最強地下アイドル「仮面女子」の素に迫る
■3度目逮捕の小向美奈子に告ぐ　出所後は徹底した薬物脱却治療受けろ
□ゲイ雑誌「薔薇族」復刊イベント　心も体も裸の男たちを世に
□異色のCAミュージカル　4日からテイクオフ!!　旅客機内が舞台
□「マッサン」好演の小池栄子　震災ドラマで学んだ女優魂
□女子大生にセクハラ告発されたテレンス・リー　女の研究が不足していた
□〝戦隊もの〟出身中年イケメン俳優　城戸裕次に期待
■下平さやか　第2の安藤優子になれ!　巨人・長野と12歳差婚
■戦後70年…万感の思い込めミスパラオを選びたい
□豪傑熟女〝ヒラリー大統領〟誕生に期待
□ザ・ピーナッツを再現する「りんともシスターズ」　昭和の青春がよみがえる
□ザ・ワイルドワンズ　加瀬邦彦さんが鳥塚しげきに遺した言葉
□今井雅之の本質「気は優しくて力持ち」
□新たな世界のクロサワと日活の伝説・野村孝の死
□クラシック出身歌謡曲歌手　知里に惚れた
□惜敗のキックボクシング王者と女優の紆余〝曲〟折
□閉館危機…新渡戸稲造の遺品を守れ
■性とテレビ…斬新だった70年代「モーニングショー」
■ワイドショーにはこの男!　テリー復帰「また世の中ぶった斬れ」
□写真家・大竹省二さんを悼む　〝女性専科〟貫いたヌード撮影の先駆者
■田代まさしの盗撮騒動　人間は我慢の上に生きている
□パラオ国際親善大使と塩村都議

2015年

□「世界一おしゃれなCA制服」なら宝塚OG愛音羽麗にぴったりだ
□日活女優・筑波久子の70代写真集出版!?
□親日・台湾の礎築いた新渡戸稲造
□夫と特攻機に乗って突撃した妻の絶対愛
まだある戦後70年に埋もれた史実
□横浜銀蝿35周年9・27懐かしの地、川崎でライブ
□雑誌「映画芸術」の休刊危機 〝反主流主義〟に刺激受けた
□AV女優 夢野まりあ その姿に浮き沈み超えた苛酷な女の道を見た
□大友啓史監督に宿る新渡戸稲造の〝武士道〟
□神取忍も号泣の横浜銀蝿ライブ
□ザ・ワイルドワンズ鳥塚しげき 明るく前向きなライブが「元気の特効薬」
□川島なお美さん覚悟のヌード
■となりの真理ちゃんの今… 63歳の生活にタメ息
□薬物から更生した〝泣き虫ボクサー〟の今
□新熟女クィーンのエロスの世界で生きる決意
□内田裕也&滝田監督で葬儀会社のCM
まるで「おくりびとPARTⅡ」予告編
□テロよりエロ!!チン妙映画で平和に浸る
□〝ナイアガラ〟必見だ! 「大瀧詠一の世界」展へ行った
□逆風上等!今年もアマチュア格闘技の祭典
□〝ガキ大将〟音楽ユニットにヒットの予感 Detour Life
□「のうりん」「碧志摩メグ」への過剰な拒絶に違和感
野坂氏の言葉を噛みしめる

2016年

□懲りずに開催!地下格闘技大会の反響
■プリプリが貢献した復興ライブ会場がオープン
50年の仲「ぴあ」矢内社長と熱い約束
□ロンドン彩る美人路上歌手 ヨーコ支える「寅さん」
□SMAP解散騒動 「妻帯者」と「独身組」の対比

2016年

□横浜銀蝿・嵐が結婚していた!
■「3つの共通点」 曙&清原に明暗
■清原よ、ガキ大将はもうヤメにしろ
■銀蝿 嵐 還暦結婚披露宴 良き伴侶得てますます「人生全力」だ
□日本航空学園理事長 清原容疑者に救いの手
□堂々と胸を張って生きている女性が大半
高い目線で何でも規制…気にくわん
■〝熟女怪演〟させたらピカイチ ジュリアン・ムーア
日本にもいるゾ 高橋ひとみ
□ザ・ワイルドワンズ加瀬邦彦さん遺作が見つかった!!
□萌えクイーンコンテスト 敵視されがちな秋葉原で「平和と安心」掲げ
□アキバ燃えた「萌えクイーンコンテスト」
「日本死ね」でなく「日本、元気!」だ
□カップヌードルCM中止はヘンだ!!
□没後5年…刹那を生きた団鬼六さん秘話 5月19日に偲ぶ会
■追悼・戸川昌子さん シャンソンバー「青い部屋」の思い出
□「地下アイドル」と「熟女」 今夏も盛り上げていくぞ
■ベッキーよ「ゲス」とヨリ戻せ 「男性」は離婚成立、障害はない
□「アイドル刺傷」に地下ファンの怒り充満
■館山ダルク代表が清原再生に名乗り
〝薬断ち〟の厳しさ知る千葉マリアの息子
□〝美しき酒呑み〟 新井浩文の魅力
■舛添都知事、猪瀬前知事、菅元首相―― 団塊はなぜダメなのか
□「美魔女」と「熟女」は全くの別物 辛苦を刻んだ女体にこそ価値がある
□堕落・高知東生を支えた 2人の〝優れた女〟
□衝撃の作品だった「ディア・ハンター」 77歳、マイケル・チミノ氏逝く
□ミスパラオ輝かせた「さらば青春の光」
□女優・松本莉緒が紐解く 建国100年フィンランドの〝親日〟秘話

2016年

□横浜銀蝿とアイドル23組が異色コラボ!!
□復興支援ライブ大成功　いまだ“病み”に苦しむ被災地
□震災復興へ鳴り響く布袋のギター
□接触していたのは芸能プロ関係者　ジャニーズ幹部　ハワイ滞在の真相
□寡黙で威風堂々　伊調選手にシビれた
■“獅子身中の虫”高畑淳子が踏んだ三田佳子の轍
■高畑裕太と同様の事件で姿消した“私の荒木一郎”
□吉永小百合を政界へ　気概あるサユリストいないのか
□囲碁界に19歳スター誕生“遼クン”要注目　10・21井山天元と“5番勝負”
□12・25「つま恋」閉鎖　人生の節目に拓郎の歌
□映画「君の名は。」アナログ感がシンクロする「ボーンフリー」
□日本人の強さの原点は　ウサギ跳びと和式便所
■ノーベル賞　ディラン受賞の違和感
□東京五輪応援のため人力車が五大陸を回る
□仮面女子・桜雪が小池「希望の塾」入り。初志貫徹せよ
□芸能界の薬物禍…新リハビリ施設が260社に案内状
■大好きだった「ハスキーボイス」リリィ
□まさに「人間廃業」状態
■SMAPと毛の時代
□ディラン名曲「はげしい雨が降る」と哀しき目の奥
□「底が抜けちゃった」紅白
□「つま恋」幕でも拓郎スピリッツは燃え続ける

2017年

□腎不全、中傷…逆境に立ち向かう元水戸泉
■デビュー50周年のジュリーに注目
□松方さん巡る2人の女性との縁
□“綱渡り”な時代にぴったりの競技
□異色の女形・天夜叉ショーにシビれた
□不屈の“少年自衛官”本郷直樹

2017年

□富美加の先輩　まさか小川知子が…ショックだった
□鈴木清順監督奇天烈作品群は日本の遺産だ
■ムッシュの死に「エロス三昧」決意
■“裕次郎”をこれ以上、汚さないでくれ
□芸能界にぶつける“地下”の思い
■児島みゆきに最後の大物ヘアヌード仕掛けようかな
□あの名物編集長が独立していた
□勝新、若富も愛した…　寂しい浅草「大勝館」一時休業
□「ひよっこ」有村架純の姿に遠い昔の原風景重ねる
□熱気すさまじい「ザ・ワイルドワンズ」
■「浅草ロック座」智恵子ママの“遺言”
■坂口杏里なんてメじゃない!!　2億脱税AV嬢、里美ゆりあ
■「絶夜　L・i・L・i・Co写真集」出版　加納典明「前夜」の反省は何だった!
□「くさや」CM論争に決着
□日本人でたった1人、ミスコリアを審査した
□Vシネ事情とある中堅俳優の再出発
■花咲かせた水丸さんとの“野際談義”もう…
□歌舞伎界の金看板を支え、世襲制受け入れた大きな器
□ミス・パラオも政治家も笑顔が一番
□船越英一郎よ無言貫き通せ!
□「しくじり先生」より過激!!　里美ゆりあ破天荒半生記
□本気で天下国家のためケンカする議員いない
□熟女に磨き輝く57歳、林寛子
□斉藤由貴との差は歴然　残念な今井絵理子の釈明
■つまらんワイドショー　毒舌コメンテーターどこいった?
□残暑吹き飛ばす沖縄の女性唄者
□スクープ!!　九州地下格闘家150人サミット
□71回目のベンチャーズ来日を見た!!　“オリジナル”再現

2017年

■民進離党山尾氏に離婚のススメ
□今最も鼻につく自称リベラル・ジャーナリストたち
□〝ふんどし〟で世界を盛り上げる！
■吉永小百合こそ真のリベラル熟女
□モデルボクサーを倒した吉田実代の底力
□ビッグマミィ&ビッグダディは今　2人の人生は少子化時代のかがみだ
□綱の上の美人アスリート　楽しむこと心がけ
■困った2人の熟女
■吉永小百合72歳の〝純情〟と〝反権力〟
□本橋信宏が新著　新橋ガード下の〝闇〟に踏み込む
□セクシータレント里美ゆりあは〝和製モンロー〟だ
□「食」と「エロス」で表す平和への思い
□頭から離れなかった曲たち…　われわれ世代の矜持
■一途な女だった野村沙知代さん　4人の男に捧げた人生
□高名力士も包茎手術　美容整形のカリスマと格闘技界に熱いエール
□沖縄出身女性ロックシンガー
　Ｌｉｎｏ．安室に代わる２０１8年の注目株

2018年

■「戦争は嫌だ」真正面から叫ぶ吉永とエマの演技に感服
□福島千里選手にゾッコン　一肌脱いでいただきたい
□美容整形は男社会で戦う女の鎧兜
■西部邁さんを悼む
　「君と僕は時代が時代なら、島流しになっていたはずだな」
■有賀さつきさんと〝天然の美〟
□比例する強い闘志とアゴのエラ
□〝宙ガール〟篠原ともえの新たな才に感服
□平昌五輪のメダリストたちよ　その名声を大切にしてほしい
□熟女クイーンに槙原愛菜　〝背脂〟したたるいい女
□〝元祖和製プレスリー〟は健在！

2018年

□あっぱれ！山口無双　頭脳〝全裸・全開〟の女性を応援!!
□大谷翔平に受け継がれた後藤新平の精神
□福島で書店開いた柳美里の孤高の思惑
□楽しみな萌え少女への矢口真里の対応
■アラーキー「セクハラ炎上」と私の流儀
□天性の明るさで今を生き抜く矢口真里
□変わらない輝き放つG・Sと色あせない思い出〝失神少女〟
■映画の中でしか会えなくなった秀樹と「愛と誠」の思い出
□古舘伊知郎から刺激　トークライブの醍醐味
□「ピンキラ」パンチョ加賀美さんを偲ぶ　印象に残るハット姿
□心に染みた力士2人の〝高校卒業式〟
□芸能界に浸透し続ける「トットちゃん」効果
□織田無道末期がんだった　65歳「もう少しジタバタして生きていく」
□現代の大相撲に一泡吹かせる　瀬々敬久監督「菊とギロチン」
□北条裕子の〝想像力〟に脱帽　凡人の妬みで新人の芽を摘むな
□三島も通った「青い部屋」が生まれ変わった！
□横浜銀蝿の還暦ライブを見逃すな！
□「変幻自在」イッセー尾形の魅力
□八丈島で大人気の水川あさみ　西部邁さんへの鎮魂
□吉原老舗オーナーがウオッチ・バーに転身のワケ
□70歳を過ぎ、終着点を感じ取った夏
■同郷のシンパシー、さくらももこさんを悼む
　忘れえぬ東日本大震災後の四コマ
□アマ競技界で続く〝老醜騒動〟
□32歳の異才・犬童一利監督に心を洗われた　15日公開映画「きらきら眼鏡」
■男女関係をバッサリ斬る達人樹木希林さん
□銀蝿はぶっちぎりの現役だ!!　翔は還暦
□これでいいのか！貴退職とモンゴル勢の台頭

「人たらしの極意」は夕刊フジ公式サイト「ZAKZAK」（https://www.zakzak.co.jp）で読めます。

高須基仁（たかす・もとじ）

1947年12月9日生まれ。静岡県掛川市出身。中央大学経済学部を卒業後、大手玩具メーカーのトミーに入社。玩具開発の最前線で数々のヒット作を連発し、「プラレールの高須」「UNOカードの高須」などと呼ばれる。後に、英国系企業に移籍。ファミコン出現以前の玩具業界で、超ヒットメーカーとして活躍する。その後、芸能プロダクション、制作会社、モッツ出版の経営に乗り出す。1990年代にはヘアヌードの仕掛け人として、数多くの写真集をプロデュースし話題となる。1996年から文筆活動を開始し、多くの連載コラムで人気を博す。著書多数。

※本書は、夕刊フジ連載コラム「高須基仁　人たらしの極意」を加筆・修正し、収録いたしました。
文中の名称・肩書等は当時のものです。

高須流　人たらしの極意2

2019年1月20日　初版第1刷発行
発 行 人：高須基仁
発　　行：モッツコーポレーション（株）
〒105-0004 東京都港区新橋5-22-3　ル・グランシエル BLDG3.3F
電話：03-6402-4710（代表）／Fax：03-3436-3720
E-Mail：info@mots.co.jp
発　　売：株式会社　展望社
〒112-0002 東京都文京区小石川3-1-7　エコービル 202
電話：03-3814-1997／Fax：03-3814-3063
写真協力：あらいだいすけ
制作協力：株式会社産経編集センター
印　　刷：サンケイ総合印刷株式会社

　ISBN 978-4-88546-353-2